CB058453

RUA DO MEDO

A RAINHA DO BAILE

R.L. STINE

RUA DO MEDO

A RAINHA DO BAILE

Tradução de
Ryta Vinagre

Rocco

Título original
FEAR STREET
THE PROM QUEEN

Copyright texto © 1992 *by* Parachute Press Inc.
Copyright capa © 2025 *by* Marie Bergeron

"FEAR STREET" é uma marca registrada da Parachute Press, Inc.

Todos os direitos reservados. Nenhuma parte desta obra pode ser reproduzida ou transmitida por qualquer forma ou meio eletrônico ou mecânico, inclusive fotocópia, gravação ou sistema de armazenagem e recuperação de informação, sem a permissão escrita do editor.

Edição brasileira publicada mediante acordo com a Simon Pulse, um selo da Simon & Schuster Children's Publishing Division.

Direitos para a língua portuguesa reservados
com exclusividade para o Brasil à
EDITORA ROCCO LTDA.
Rua Evaristo da Veiga, 65 – 11º andar
Passeio Corporate – Torre 1
20031-040 – Rio de Janeiro – RJ
Tel.: (21) 3525-2000 – Fax: (21) 3525-2001
www.rocco.com.br
rocco@rocco.com.br

Printed in Brazil/Impresso no Brasil

Preparação de originais
DANIEL MOREIRA SAFADI

Este livro é uma obra de ficção. Quaisquer referências a fatos históricos, pessoas reais ou locais foram usadas de forma fictícia. Outros nomes, personagens, lugares e acontecimentos são produtos da imaginação do autor, e qualquer semelhança com acontecimentos reais, localidades ou pessoas, vivas ou não, é mera coincidência.

CIP-BRASIL. CATALOGAÇÃO NA PUBLICAÇÃO
SINDICATO NACIONAL DOS EDITORES DE LIVROS, RJ

S876r

Stine, R.L.
  A rainha do baile / R.L. Stine ; tradução Ryta Vinagre. - 1. ed. - Rio de Janeiro : Rocco, 2025. (Rua do medo)

  Tradução de: Fear street : the prom queen
  ISBN 978-65-5532-552-2
  ISBN 978-65-5595-357-2 (recurso eletrônico)

  1. Ficção americana. I. Vinagre, Ryta. II. Título. III. Série.

25-97253.1   CDD: 813
                      CDU: 82-3(73)

Gabriela Faray Ferreira Lopes - Bibliotecária - CRB-7/6643

Capítulo 1

Nenhuma de nós conseguia parar de falar sobre o assassino. Tentamos silenciá-lo em nossa cabeça, mas aí alguém se lembrava, dizia alguma coisa e a conversa toda recomeçava.

Estávamos todas nervosas — não que alguém fosse admitir isso. Não, agíamos como se tudo fosse uma grande piada. Mas estávamos nervosas, pode acreditar. Porque o assassinato tinha acontecido muito perto. Porque a vítima era uma garota da nossa idade... uma garota igual a nós.

— Vejam por esse ângulo — dizia Dawn, enquanto abotoava a blusa de seda branca. — Pelo menos ela não vai ter que se preocupar em arranjar um par pro baile.

— Não seja maldosa — falei.

— Não mesmo — concordou Rachel.

Foi depois da minha aula de educação física de terça-feira. O vestiário estava lotado de meninas, todas tentando se vestir às pressas para a assembleia do baile. O ar quente e tomado de vapor estava cheio de gritinhos e risos.

Pus o pé esquerdo no banco de madeira entre Dawn e Rachel, que se contorcia para entrar numa calça preta de brim, e amarrei o tênis depressa.

— Vocês viram aquele negócio no jornal da manhã? — perguntei.

Rachel negou com a cabeça. Dawn respondeu:

— Sobre o assassinato?

— É. Mostraram a polícia andando no bosque da rua do Medo, procurando pistas. E o barranco cheio de lama onde o cara que fazia caminhada encontrou o corpo. No fim, mostraram até a menina fechada em um daqueles sacos azuis para cadáveres.

Dawn se engasgou.

— Credo! — disse ela.

— Também exibiram uma foto tremida em preto e branco da garota... Ela tinha um sorriso muito meigo. Disseram que foi esfaqueada dezesseis vezes.

— Bom, ela não vai mais sorrir — zombou Dawn.

Dawn vinha fazendo piadas assim desde que soubemos do assassinato. Deduzi que fosse seu jeito de lidar com a situação. Em geral, a garota sabia esconder bem suas emoções.

Rachel olhou feio para ela.

— Não vejo graça nenhuma nisso.

— Relaxa — retrucou Dawn. — Não é como se fosse sua irmã ou coisa assim. Ninguém nem sabia quem era essa menina.

— Eu liguei pra minha prima Jackie na hora do almoço — respondeu Rachel em voz baixa. — Ela mora em Waynesbridge e disse que a conhecia.

Dawn e eu falamos ao mesmo tempo:

— Conhecia?

— Por que você não contou pra gente?
— O que ela disse?
— Ela conhecia bem a garota?
— *Muito* bem — respondeu Rachel, apenas à última pergunta que eu fiz. — Elas eram, tipo, melhores amigas. Jackie ficou arrasada, totalmente acabada.

Rachel escovava o cabelo ruivo e liso em movimentos rígidos e demorados, mas de repente parou e empalideceu.

— Não acredito que isso aconteceu bem aqui, em Shadyside. Quer dizer, é horrível.

— Sua prima tem alguma ideia de quem pode ter feito isso? — perguntou Dawn.

Rachel negou com a cabeça.

— Não. Ela disse que a Stacy era só uma garota legal e que todo mundo gostava dela. A polícia falou com a Jackie, mas ela estava chateada demais para pensar direito. Não conseguiu contar nada a eles.

Rachel largou a escova na mochila e fechou o zíper.

— Eu moro na rua do Medo, sabe, e eles encontraram o corpo a apenas uma quadra da minha casa. Fico pensando que podia ter sido eu. Poderia ter sido o meu corpo que encontraram.

— Bom, não podia ter sido eu — afirmou Dawn, enquanto terminava de passar o gloss. — Com todas as coisas esquisitas que rolam por lá, eu não teria sido pega *nem morta* no bosque da rua do Medo. — Ela se deu conta do que falou e soltou uma gargalhada.

— Ah, é? — falei. — Bom, hoje de manhã entrevistaram um policial na TV que disse que o assassino deve ter ficado vigiando a casa de Stacy. Ele acha que esse psicopata esperou até ela ficar sozinha, e depois...

Levantei a cabeça e parei de falar, só para implicar com as meninas.

— E depois? — quis saber Dawn.

— Ele a matou no quarto dela.

Dawn arfou com o susto.

— Sempre detestei ficar sozinha em casa — revelou.

— Não sei por quê, mas acho que isso não vai te ajudar a superar o problema — falei.

Dawn me encarou inexpressiva por um momento, um breve momento. Depois gritou, segurou a cabeça e continuou gritando a plenos pulmões. A explosão fingida angariou um coro de risos de quem ainda estava no vestiário.

Do outro lado do ambiente, Shari Paulsen segurava uma faca imaginária e apunhalava o ar, soltando aquele som esquisito de *Psicose*. Aquele que toca sempre que Anthony Perkins esfaqueia alguém: *Ih! Ih! Ih!*

E então Shari andou a passos firmes pelo vestiário como um zumbi louco, fingindo apunhalar quem estivesse à vista. Ouvimos muitos gritos.

Não foi muito engraçado, mas rimos mesmo assim. Quer dizer, como se deve reagir quando uma coisa horrível acontece tão perto de casa? Talvez brincar desse jeito ajude. Sei lá.

A garota no último armário, bem na nossa direção, bateu a porta e saiu correndo. Dawn se assustou com o barulho, como se alguém tivesse disparado um tiro.

— Tudo bem — disse ela —, precisamos parar de falar nisso. Estou começando a entrar em pânico.

— Então acho que não vai querer ouvir a pior parte — falei.

Dawn e Rachel gemeram.

— Pior do que levar dezesseis facadas? — perguntou Dawn.

— O que aconteceu? Ela foi atropelada por um caminhão?

— Achei que não quisesse saber de mais nada — comentei.

— O que é? O que é? O que é? — implorou ela.

— A polícia disse que esse crime é parecido com o assassinato daquela garota em Durham, na semana passada.

Durham fica a cerca de uma hora de carro de Shadyside. Mas agora não parece tão longe assim.

— E daí? — questionou Dawn. — O que isso significa?

— Bom, significa que existe uma boa possibilidade de ser obra de um assassino em série.

— Um assassino em série... — repetiu Rachel em voz baixa. — É isso, vou obrigar meus pais a comprarem um cachorro. — Ela enfiou os pés num tênis de corrida gastos. — Tipo, a gente não tem nem alarme antirroubo em casa.

Era verdade. Os pais de Rachel eram muito pobres, se comparados aos nossos. Com certeza eles não iam conseguir arranjar um sistema de alarme, mesmo com um assassino em série à solta.

O sinal da próxima aula ressoou alto. As poucas meninas que ainda estavam no vestiário gemeram.

— Vamos lá, vocês duas. Rápido — disse Dawn, admirando o próprio rosto no espelho com várias caretas sensuais. — Já sei sobre o que a gente pode conversar, em vez do assassinato: com quem eu devo ir ao baile. — Então, disse o nome de quatro dos caras mais populares do colégio.

— *Todos* eles te convidaram?! — exclamou Rachel, espantada.

— Já? — completei. — O baile vai ser só daqui a cinco semanas.

— Bom — começou Dawn —, nenhum deles me convidou *ainda*. Mas vai rolar. Acreditem.

Fomos as últimas a sair do vestiário. Os corredores estavam vazios, um sinal claro de que estávamos atrasadas para a assembleia. Começamos a correr, os tênis guinchando no piso frio.

— E você? — perguntou Rachel para mim, enquanto disparávamos pelo corredor. — Já tem par?

Neguei com a cabeça.

Eu teria par — se não fosse pelo Exército dos Estados Unidos. É sério. Eu namorava Kevin McCormack há mais de um ano. Aí o pai dele, que era major, foi transferido pro Alabama.

A família de Kevin se mudou em janeiro. Desde então, namorávamos à distância, por e-mail. No começo a gente se falava muito por telefone, mas quando meu pai recebeu a conta, deu um fim na coisa toda.

Até agora o major McCormack não tinha dado permissão pro Kev vir pro baile em Shadyside. O pai dele achava importante para o filho "se acostumar com sua nova base". Foram as exatas palavras que usou, segundo Kevin. Eu acreditei. O sr. McCormack sempre usava o linguajar do exército.

"Diz pro seu pai que ele é o major Chato", escrevi em resposta. Muito espirituoso, não acha?

Dawn abriu as portas pesadas do auditório. Algumas cabeças nas fileiras de trás se viraram para nos encarar.

No palco, a srta. Ryan já tinha começado os anúncios. O sr. Abner estava de pé perto da porta dos fundos. Ele me olhou nos olhos e fez cara feia enquanto nos sentávamos na última fileira.

— A sra. Bartlett me pediu para avisar que esta semana vocês podem devolver os livros atrasados à biblioteca sem pagar multa — dizia a srta. Ryan. — Então espero que todos tirem proveito desta oportunidade especial. Se tiverem algo pendente, por favor, levem para lá.

Ela folheou as anotações.

— Agora podemos chegar ao ponto principal desta assembleia, que é anunciar nossas cinco candidatas à rainha do baile.

A notícia foi recebida com aplausos e algumas vaias de uns garotos. A srta. Ryan ficou olhando por cima do microfone até obter silêncio. Depois, se virou para o diretor, que esperava no palco, alguns passos atrás dela.

— Sr. Sewall?

O homem era baixo, gordo e careca. Parecia um personagem de *Vila Sésamo*, então a gente o apelidou de Muppet.

Ele se aproximou do microfone, segurando uma ficha branca. De repente, senti uma onda de empolgação. Eu sabia que não era legal, mas eu gostava de verdade do baile. Muitas das minhas amigas gostavam.

Nós, veteranas, éramos as únicas com permissão para votar. Eu tinha votado em Rachel. Ela não era a garota mais popular da turma nem nada, mas isso era principalmente por ser tímida demais. Bom, acho que também porque era um pouco amarga por ser pobre e tal. Mas depois que a gente a conhecia, via que era um doce e uma boa amiga. Talvez ser eleita rainha do baile a ajudasse a sair do casulo.

Mas, sendo sincera, ela não tinha muita chance de vencer.

— Antes de começarmos — disse o Muppet —, gostaria de dizer algumas palavras sobre a tragédia que ocorreu na região de Shadyside ontem.

Rachel e eu nos entreolhamos. Dawn meteu o dedo na boca e fingiu vomitar.

— Espero — começou o sr. Sewall —, *todos nós* esperamos que a polícia pegue esse assassino o quanto antes. Nesse meio-tempo, não quero que ninguém entre em pânico. Acredito que todas as meninas devam ter ainda mais cuidado por algum tempo.

— Que ótimo jeito de não disseminar o pânico — cochichou Dawn.

— Muito bem. Agora, vamos continuar o show.

O diretor riu como se tivesse contado a piada mais engraçada do mundo.

— Os votos foram computados. — Ele agitou a ficha. — Como vocês sabem, as cinco mais votadas serão indicadas à rainha do baile. O que farei é ler os nomes das cinco vencedoras e pedir que se aproximem e juntem-se a mim no palco. Farei isso por ordem alfabética de sobrenome. — Ele sorriu, baixando os olhos para a ficha, depois voltou a erguer a cabeça, criando suspense. Por fim, disse: — Elizabeth McVay.

Por um momento, não tive reação nenhuma. Não reconheci meu próprio nome!

Dawn me deu tapinhas nas costas e gritou:

— Mandou bem, Lizzy!

Quase tropecei enquanto andava pelo corredor e, como estava sentada no fundo, tinha um longo caminho a percorrer. Estava meio tonta.

Quando cheguei ao palco, o sr. Sewall apertou a minha mão.

Queria ter me lembrado de que a assembleia seria naquele dia. Eu estava de jeans surrado e a velha camisa de algodão azul do meu pai. Meu cabelo comprido e cacheado ainda estava molhado do banho no vestiário.

Em seus melhores momentos, meu cabelo é castanho-claro... castanho-mel, como minha mãe sempre dizia. Mas quando está molhado, é só um castanho comum. Tirei minha franja rala dos olhos, mas ela voltou a cair.

O Muppet se inclinou para o microfone e disse:

— Nossa segunda indicada à rainha do baile é... Simone Perry.

Houve uma explosão de aplausos. Simone se levantou e andou entre as fileiras para o corredor.

Ela vestia sua roupa mais chamativa: blusa de seda preta e saia de couro. Imaginei que tivesse se lembrado de que haveria uma assembleia naquele dia. Enquanto se dirigia ao palco, ficava jogando o cabelo preto e comprido para trás, com uma sacudida teatral da cabeça.

— Parabéns — sussurrei quando ela se colocou ao meu lado.

— Obrigada — respondeu Simone, também aos sussurros.

Não fiquei surpresa quando ela se esqueceu de acrescentar "Pra você também". Eu gostava de Simone, mas a garota tinha uma tendência a se esquecer de que o mundo inteiro não girava em torno dela.

— Elana Potter! — anunciou o sr. Sewall em seguida.

Mais aplausos. Elana se levantou com um largo sorriso e andou saltitante pelo corredor. Não parecia nada surpresa. E não era de admirar. Era uma das meninas mais populares em Shadyside, como bem sabia.

Faltavam duas. Olhei rapidamente para o fundo do salão, onde Dawn e Rachel estavam sentadas. Eu sabia que minha amiga devia estar em polvorosa. Provavelmente estava irada por não ter sido anunciada primeiro, mesmo que o sr. Sewall seguisse a ordem alfabética.

— Dawn Rodgers!

Ela soltou um uivo e bateu palmas. Não foi a única a aplaudir. Na verdade, Dawn fora a que mais recebera mais aplausos até agora.

Ela deu um soquinho no ar enquanto seguia para o palco. Isso gerou uma nova onda de aplausos. Era o gesto que sempre fazia depois de marcar um ponto importante em uma partida de tênis. Dawn era a capitã da equipe.

— E por último, mas não menos importante — falou o sr. Sewall olhando a ficha —, Rachel West!

Dawn era um desafio difícil de superar. Os aplausos para Rachel não foram nada estrondosos. Fiz o máximo que pude e aplaudi até minhas mãos doerem.

A garota não parecia se importar de não ter recebido o máximo de aplausos. Sorria e ruborizava, ficando quase da cor de seu cabelo ruivo ao se juntar a mim no palco.

— Agora, como todos vocês sabem, o baile se aproxima rapidamente... só faltam cinco semanas — continuou o Muppet.

Dawn bateu palmas e gritou com entusiasmo:

— É isso aí!

— Mas o que vocês veteranos não sabem — prosseguiu o Muppet — é que, como um presente especial, consegui alugar o recém-reformado Solar Halsey.

Ele esperou pelos aplausos, mas eles não vieram. Todos nós sabíamos que o Solar Halsey ficava bem no meio do bosque da rua do Medo — o lugar onde tinham encontrado o corpo de Stacy.

Ele acrescentou:

— Deve dar uma festa e tanto, vocês não acham?

O bosque da rua do Medo naquele momento não parecia um lugar que eu quisesse ir, muito menos para dançar.

Talvez até o final de maio parecesse um bom lugar para o baile. Talvez, mas eu achava difícil.

Enquanto o sr. Sewall continuava seu discurso, olhei as outras meninas no palco. Eu as conhecia tão bem, apostava que sabia o que cada uma delas estava pensando.

Era um jogo que eu gostava de fazer às vezes. O sr. Meade, meu professor de inglês no ano passado, ensinou a gente a fazer isso.

Disse que era um bom jogo para escritores. Eu não escrevia muito além das longas cartas para Kevin no Alabama, mas queria ser escritora um dia.

Comecei por Simone. Ela era a estrela do nosso clube de teatro e servia para esse papel. Era alta, de cabelos escuros e, bom, tinha um jeito dramático. Também era muito insegura, o que acho que mostrava que nasceu para ser atriz.

Era apaixonada pelo namorado, Justin. E mais do que só um pouquinho possessiva. Na verdade, estava olhando fixamente para ele agora. Eu percebi ao acompanhar seu olhar para o público.

Concluí que ela pensava o seguinte: *Com quem Justin estava falando? E por que ele não estava prestando atenção em mim?*

Em seguida, me concentrei em Elana. Ela era muito bonita de um jeito delicado e à moda antiga, e sabia se vestir para realçar isso. Naquele momento, por exemplo, estava com uma blusa branca de babados e uma saia transpassada verde-escura. Sorria, mostrando uma fileira de dentes brancos e perfeitos. Parecia alguém que a gente via em comerciais de TV.

Tudo era fácil para Elana. Sempre foi assim. Tirava dez em tudo sem se esforçar, e sua família tinha uma montanha de dinheiro, então conseguia tudo o que queria. Mas era tão feliz e simpática, que era difícil usar isso contra ela.

O que Elana estava pensando naquele momento? *Cara, ser indicada é divertido, sem dúvida. Talvez um dia eu concorra à presidência dos Estados Unidos!*

Quando fiz contato visual com Dawn, ela assentiu para mim, e seus olhos azuis brilhavam. Eu a encarei por um momento, admirando seu bronzeado.

A gente estava passando pela temporada de chuva que era comum no final de abril, mas Dawn estava sempre bronzeada, não importava o clima. O cabelo loiro, comprido e ondulado brilhava, reluzente e dourado, como se ela tivesse ficado horas ao sol.

E deve ter ficado mesmo. Dawn era uma fera no tênis e em todos os outros esportes. Inclusive meninos.

Eu sabia o que ela estava pensando. Estava em seus olhos. *Eu vou vencer!*

— Agora — dizia o Muppet —, sei que cada uma de vocês adoraria ser eleita rainha do baile. E neste ano há um motivo a mais para querer vencer: a rainha receberá uma bolsa de estudos especial de três mil dólares, doada pelo pai de Gary Brandt, da Brandt Chevrolet.

Enquanto ele fazia este anúncio, por acaso eu estava olhando para a esquerda... para Rachel. Vi seus olhos esmeralda se iluminarem ao ouvir o anúncio. Parecia um desenho animado, quando cifrões aparecem nos olhos de alguém. O dinheiro significava muito para ela, eu sabia. Olha, eu mesma não me importaria de ganhar os três mil dólares.

Como já falei, a família de Rachel era meio pobre, pelo menos se comparada com as nossas. Ela era a única que eu conhecia que *precisava* trabalhar depois da escola. Isso a deixava frustrada, porque tomava tempo do dever de casa, o que prejudicava suas notas. Rachel disse que talvez não conseguisse passar pra faculdade.

Em geral eu pensava que a timidez dela vinha daí: sentir que não era tão boa quanto a gente. Ela nem mesmo sabia como era bonita.

A palavra seguinte do sr. Sewall me trouxe de volta ao presente.

— Dispensados!

Houve o pandemônio de todo fim de dia. As pessoas gritavam parabéns para mim e para as outras indicadas. Antes de eu conseguir sair do palco, Dawn me segurou pelo braço.

— Eu vou vencer — sussurrou ela com intensidade no meu ouvido. — Simplesmente sinto que vou.

Sorri para ela. Com o passar dos anos, eu me acostumei com a presunção competitiva de Dawn. Era como se pensasse que a vida era um jogo e fosse necessário intimidar todo mundo para poder vencer.

Quando estava descendo a escada do palco, Simone passou esbarrando em mim e quase me derrubou. Fiquei observando-a abrir caminho pela multidão até Justin.

Parecia furiosa. E Justin tinha um sorriso sem graça.

— Hmm, Lizzy?

Era Rachel. Com aquela voz baixa, quase não a ouvi.

— Quer vir estudar comigo hoje à noite? — perguntou.

— Eu ia gostar bastante — respondi com sinceridade —, mas hoje de manhã meus pais disseram que queriam que eu chegasse cedo em casa, e eles não querem que eu saia depois de escurecer.

Eu sou filha única. Talvez por isso minha mãe e meu pai sempre fossem tão superprotetores. Mas desta vez não me importava. Com um assassino à solta, parecia ótimo ser superprotegida.

Eu ainda via Simone numa discussão acalorada com Justin. Incrível. Em quantos problemas ele podia se meter durante uma única assembleia? Justin soltou um grito exasperado, jogou as mãos para cima e saiu apressado.

— Nem acredito que fui indicada — comentou Rachel.

— E por que não? — respondi. — Você merece.

— Eu sei. — Ela riu. — Só não achei que *mais* alguém achasse!

Ri enquanto Elana se aproximava de nós. Suas maçãs do rosto perfeitas estavam vermelhas de empolgação; ela parecia uma boneca de porcelana.

— É hora de comemorar — anunciou. — Que tal a gente ir na Pete's Pizza? Estou de carro. Peguei a Mercedes hoje!

Rachel abriu um sorriso enorme. Ela sempre ficava emocionada ao ser incluída nas saídas de qualquer grupo.

— Boa, Elana! — disse Brad Coleman, dando um tapinha em suas costas ao passar apressado.

Com um sorriso perfeito, Elana agradeceu. Jogou o cabelo loiro e curto para trás.

— Simone!

Simone estava a uns vinte metros de distância, com uma carranca.

— Não acredito nisso — resmungou ela, andando na nossa direção. — Durante a assembleia, vi Justin dando em cima de Meg Dalton. Se eles saírem juntos pelas minhas costas, vou matá-lo.

É engraçado. Essa ameaça boba foi a primeira coisa que passou pela minha cabeça dois dias depois, quando soube que Simone tinha desaparecido.

Capítulo 2

— Isso é tão legal! — gritou Elana mais alto que o rádio do carro, que ficou ligado o caminho todo. — Tipo, tentar adivinhar qual de nós será a rainha do baile.

Todas nos amontoamos na Mercedes prata dos pais de Elana e fomos para a Pete's Pizza. Fiquei no banco traseiro entre Rachel e Simone. Dawn estava na frente, trocando sem parar as estações de rádio.

— Dawn, abaixa isso! — berrou Simone, o olhar fixo na pasta verde que tinha no colo. — Estou tentando decorar minhas falas.

Para o espetáculo de primavera do clube de teatro, Robbie Barron ia dirigir *A noviça rebelde*. A apresentação seria na sexta-feira à noite, no fim de semana do baile, como pontapé inicial do festival de primavera.

Simone ia interpretar Maria von Trapp, é claro. Ela sempre era a estrela. Mas não dava uma freira muito convincente, não.

Dawn desligou o rádio e disse:

— Tem razão, Elana, uma de nós vai ser a rainha do baile, mas eu sou a única que sabe quem vai ser. Eu.

Simone se inclinou para a frente.

— Você vai vencer pela humildade, não há dúvida disso — ironizou.

— *Se* eu quisesse vencer o concurso de humildade, eu bem que *podia* — retrucou Dawn. — Ninguém consegue me deter.

Lancei um olhar para Rachel, que revirou os olhos.

Elana parou no Shadyside Mall e pegou uma vaga de estacionamento perto da pizzaria.

— Tranquem tudo — disse ela, apressando-se para fora do carro.

— Claro — sussurrou Rachel ao sair. — Não queremos que o carro seja roubado. Levaria pelo menos um dia para o pai dela conseguir comprar outro.

Soltei uma risada baixinho. Não sabia como reagir à amargura de Rachel.

Eu tinha de admitir que me sentia bem. Muito feliz. Mas então ela puxou de novo o assunto do assassinato.

A pizzaria estava lotada. Foi difícil encontrar uma mesa para cinco. Quando achamos, bem lá no fundo, a garçonete levou horas para aparecer e anotar nossos pedidos.

A pizza finalmente chegou e estávamos pegando as fatias quando Rachel disse:

— E se o prefeito decretar um toque de recolher por causa do assassino?

Todo mundo gemeu.

— Sério — insistiu. — E se a gente não puder ter o baile por causa daquela garota morta... a Stacy?

— Caramba, Rachel — disse Dawn —, você estava me criticando por não ser sensível. Tipo, uma menina é assassinada e você só consegue pensar no baile.

Rachel ficou vermelha.

— Não foi isso que eu quis dizer — murmurou ela. — Quer dizer, eu... Ah, deixa pra lá.

Simone estava com uma expressão séria. Perguntei no que estava pensando.

— Nos meus pais — respondeu, de testa franzida. — Aqui estou eu, a estrela dessa peça, e aposto que eles não virão me ver. — Ela largou a fatia de pizza no prato. — Quando eu contar que sou candidata à rainha do baile, eles não vão dizer nem uma palavra.

— Simone! — Eu a repreendi. — Você sabe que eles se importam. É que seus pais são muito ocupados, só isso.

— A única coisa que não sai da minha cabeça é esse assassino. Não tem nada que a gente possa fazer para se proteger desse psicopata? — perguntou Elana, obcecada com o criminoso.

— Talvez a gente possa se disfarçar de homem — sugeri.

Simone aceitou minha ideia na hora e baixou a voz ao dizer:

— Ei, não tem nenhuma aluna do ensino médio aqui, sr. Assassino em série — disse com a voz grave. — Acho que bateu na casa errada.

Ela esfregou o nariz grosseiramente, como um homem, e tossiu como quem vai cuspir. A essa altura, estávamos todas rindo. Sempre que eu achava a Simone egocêntrica demais para se incomodar com alguma coisa, ela ficava engraçada, e aí eu a perdoava.

— Sabe do que mais? — disse Dawn. — Também não acho que vou dormir tão bem esta noite.

— Você vai dormir melhor que eu — falou Rachel. — Sou eu que moro na rua do Medo, lembra?

Justo nessa hora, duas mãos se fecharam em seu pescoço.

— Te peguei — disse uma voz de homem.

Era Gideon Miller, o namorado dela.

— Não tem graça! — exclamou Rachel, mas sorriu para ele mesmo assim.

— Meninas, vocês estavam falando de mim? — perguntou Gideon, sorrindo.

— Não — respondeu Dawn. — Na verdade, a gente estava falando do assassino.

— Que animador — ironizou Gideon, revirando os olhos. — Olha... é a Rachel quem vai ganhar os 3 mil dólares? — perguntou ele, pondo as mãos nos ombros da namorada.

— E por que você se importa? — rebateu ela. — Se eu vencer, não acha que vou dividir com você, acha? Nem você pode ser *tão* egocêntrico.

Gideon riu.

— Ah... Ótima palavra. Ótima palavra! Estudou o dicionário hoje? — Ele acenou para os caras que o acompanhavam, esperando perto das portas de vidro. — Não, só pensei que se você vencer, talvez possa me levar ao cinema ou coisa assim.

— Talvez — provocou Rachel.

— Preciso ir — disse Gideon.

Ele apertou os ombros de Rachel e foi se juntar aos amigos.

— Do que a gente estava falando mesmo? — perguntou Simone, tirando todo o pepperoni de sua fatia e enfiando na boca.

— Do assassino — respondeu Rachel, com os olhos acompanhando Gideon.

— Por favor... — Elana limpou a boca de maneira afetada com um guardanapo. — Chega de falar nessa história de assassino. É sério.

— Tudo bem — concordou Dawn. — Vamos falar de outra coisa. Já sei... vamos falar do baile e de como eu vou ser eleita a rainha.

— Tenho uma ideia melhor. Que tal os discursos de dois minutos que precisaremos fazer pra escola inteira? — sugeriu Elana. — Alguma de vocês já pensou nele?

Justo nessa hora eu tive uma ideia. Era como uma variação do jogo do sr. Meade.

— Vamos fazer os discursos umas das outras — falei, e todas pareceram confusas. — Vai ser divertido — garanti. — Agora.

— Tudo bem — disse Simone. — Eu faço a Dawn.

Ela jogou a cabeça para trás e pôs o cabelo atrás das orelhas, do jeito que Dawn costumava usar, e empinou o queixo como fazia quando se sentia competitiva, ou seja, quase sempre.

Foi incrível. Com apenas alguns gestos simples, Simone tinha se transformado em Dawn! Todo mundo riu. Dawn foi a que riu mais alto, batendo palmas como se realmente achasse Simone engraçada. Mas eu sabia que odiava aquilo.

— Oi — começou Simone. — Meu nome é Dawn Rodgers. Yeah! — Ela deu um soquinho no ar, vitoriosa.

— Na mosca! — gritaram uns caras numa mesa vizinha.

Dawn exibia um largo sorriso no rosto, mas estava vermelha. Ela devia estar muito corada para ser perceptível com aquele bronzeado.

— Enfim — continuou Simone. — Vamos combinar, eu sou sua próxima rainha do baile.

Todas aplaudimos. Simone reconheceu os aplausos com o gesto de soquinho de novo. Rindo ainda mais, Dawn disse:

— Beleza, minha vez, eu vou...

Mas Simone não parou.

— Agora, eu sei que tem mais quatro candidatas — continuou. — Mas como todos vocês sabem, eu sou a número um em tudo, então...

— Tudo bem. — Dawn se levantou de um salto, os olhos faiscando. — Minha vez. Este é o discurso de Simone.

Eu estava começando a pensar que não tinha sido uma ideia tão brilhante assim, no fim das contas.

— Mas eu ainda não terminei — protestou Simone.

— Meu nome é Simone Perry — começou Dawn, ignorando-a. Jogou o cabelo para trás, como Simone sempre fazia. — Nossa, tenho tanta gente a quem agradecer por ganhar esse Oscar de melhor atriz… Opa. Do que estou falando? Quer dizer, por vencer como rainha do baile.

Agora foi a vez de Simone fingir estar se divertindo.

— Só queria dizer que sou uma artista tão sensível — murmurou Dawn —, que sou a única capaz de fazer o papel de uma rainha.

Ela fez uma mesura profunda, depois se sentou e sorriu com doçura para Simone.

— Como me saí?

— Sabe de uma coisa — falei —, talvez a gente deva…

— Meu nome é Rachel West — disse Elana, levantando-se.

Ah, não, pensei. *Elana… por favor.*

— E, hmm… — Elana imitou o jeito lento de Rachel falar. — Hmm… bom, eu sou meio pobre.

— *Ha, ha* — disse Rachel.

Eu vi que ela tinha ficado magoada, mas estava com um grande sorriso estampado no rosto. Simone ria enquanto Elana continuava:

— Eu… eu, hmm, quis preparar um discurso, mas não tinha como pagar por ele!

Rachel soltou uma gargalhada alta e totalmente falsa.

— Cara, isso é *tão* engraçado que eu quase me esqueci de rir.

— Que bom que você gostou — respondeu Elana.

— Gostei mesmo. — Rachel sorriu.

Deu para ver que ela estava tentando pensar em algo mordaz para dizer, mas não conseguia, então só ficou sentada ali, sorrindo.

— Faz o discurso de Elana — incitou Simone.

— Simone — falei —, acho que isso está saindo do...

— Tudo bem — disse Rachel. — Vou fazer. — Ela se levantou. — Meu nome é Elana Potter. Não importa se vou ser rainha do baile ou não. Se eu perder, meu pai simplesmente vai me mandar numa viagem pra Europa até eu me sentir melhor.

E jogou um lado do cabelo e girou a cabeça, imitando o jeito de Elana. Simone e Dawn gargalhavam. O sorriso da outra estava petrificado no rosto.

— Não, gente, é sério, se tem alguém aqui que pensa em *não* votar em mim — Rachel imitou o riso coquete da outra —, eu pago mil dólares pra você mudar de ideia.

Elana aplaudiu alto... duas vezes.

— Nada mal — falou —, mas eu não preciso comprar o voto de ninguém. Se você tivesse ouvido os aplausos de hoje, ia saber disso.

— Bom, você não pode comprar o meu — rebateu Rachel, sentando-se de novo.

Por um bom tempo ninguém falou nada. Era notório que todas tinham ido um pouco longe demais. A sinceridade é uma política boa... mas não sinceridade *demais*.

— Ótima brincadeira, Lizzy — disse Dawn, por fim. — Agora alguém tem que fazer o seu.

— Está tudo bem. Não precisam se dar ao trabalho.

— De jeito nenhum — insistiu Dawn. — Todo mundo joga. Né, Simone?

Mas Simone não estava ouvindo. Olhava fixo para um ponto atrás da gente, para a janela da frente da pizzaria.

— Simone? — chamei.
Seu rosto estava lívido.
— Ah, não — resmungou ela.
Simone se levantou rapidamente, derrubando meu Sprite. Derramou todo o refrigerante em Dawn e em mim, e nós duas pulamos da cadeira ao mesmo tempo.
— Ah, não — Simone repetiu. — *Não!*
Simone tinha uma expressão de completo terror. Ela gritou:
— Não! Para!
E então saiu correndo da pizzaria.

Capítulo 3

Estávamos todas de pé agora observando Simone pela janela. Logo vimos por que ela tinha ficado tão perturbada.

Na frente da Pete's, tinha uma grande fonte para ambientes internos. Ao lado, estava seu namorado, Justin.

Ele estava muito próximo de uma loura alta e gostosa: Vanessa Hartley.

Vimos Simone se aproximar dos dois, chamar Justin e depois passar o braço pelo pescoço dele. Não foi o gesto mais carinhoso que vimos na vida.

— Ela não é possessiva demais nem nada. — falei, rindo vendo Justin se retrair.

Justin se afastou de Simone e quase caiu de costas na fonte.

— Imagina — disse Dawn. — Se Simone grita, não é nada importante.

— Ela se esquece de que não está no palco o tempo todo — concordou Rachel, voltando a se sentar.

— Ela tem ciúmes de qualquer uma que até mesmo olhe para Justin — comentou Elana.

Eu ainda observava a cena pela janela. Vanessa tinha ido embora correndo. Justin agora abraçava Simone e falava com ela, aqueles olhos azul-claros dele faiscando perto do rosto dela.

— Eu também teria ciúmes — brinquei. — Justin é um gato!

E eu não estava brincando. Sem exagero, eu diria que Justin era o cara mais bonito, mais descolado e mais popular do colégio Shadyside. E como se não bastasse, também jogava beisebol pela seleção estadual e era capitão do time Shadyside Tigers.

Dawn se inclinou para nós e baixou o tom.

— Vocês conseguem guardar um segredo? Porque eu não aguento mais. — Ela fez uma longa pausa dramática e disse: — Eu saí com Justin na semana passada.

O queixo de Elana caiu, o que significava que ela estava mostrando pra gente um bocado de queijo e pepperoni mastigados.

— Você fez *o quê*? — perguntou ela.

— Justin *Stiles*?! — Não consegui deixar de exclamar. — Tipo, o namorado da Simone?

— Ei — disse Dawn na defensiva —, não tentei roubar o cara dela nem nada. Ele me convidou, aí eu fui. — Ela deu de ombros. — A gente se divertiu.

— Aposto que sim — falou Elana, encarando Justin melancolicamente pela janela. — Eu aceitaria se ele me convidasse. Você não, Liz?

— Claro — concordei. — Se ele não estivesse com Simone.

— Ah, e por acaso você é alguma santinha? — debochou Dawn.

— E você, Rachel? — perguntou Elana. — O que diria se Justin te convidasse para sair?

Rachel abriu um sorriso tímido.

— Ele já me convidou — disse.

O queixo de Elana caiu ainda mais.

O sorriso de Rachel se alargou.

— E eu disse sim.

— *The hills are alive* — cantou Robbie Barron, exagerando no palco — *with the sound of music.*

Ele estava cercado de freiras risonhas que esperavam para ensaiar a cena da abadia. Mas Simone não tinha aparecido. Estava atrasada pela milésima vez.

Para passar o tempo, Robbie tinha começado a imitá-la. Estava com um casaco de capuz preto e branco de Eva Clarke e dançava de um jeito esquisito. Ficou muito engraçado com os óculos grossos de armação preta.

Quando terminou de cantar, ele disse:

— Duvido que Simone vai chegar atrasada agora — Ele olhou o relógio e fez uma careta. — Será que nossa pequena Maria sabe que é difícil ensaiar sem a protagonista?

— *How do you solve a problem like Maria?* — cantaram em resposta as meninas que faziam as freiras.

Robbie riu, mas não por muito tempo.

— Sei como resolver o problema... vou torcer o pescoço dela.

Eu estava ali porque era encarregada do cenário. Não seria apanhada nem morta atuando na frente de uma plateia. Aposto que se eu atuasse, era isso que ia acontecer comigo: morrer. Eu cairia morta de medo do palco!

Naquele momento, eu estava nos bastidores pintando uma chapa para que parecesse uma parede da abadia da madre superiora. Esta semana, depois dos dois assassinatos, meus pais superprotetores só me deixavam sair de casa à noite para os ensaios da peça.

— Ei, Lizzy — chamou Robbie —, você tem *alguma* ideia de onde pode estar sua amiga Simone?

— Ah, claro — respondi com sarcasmo. — Quando ela está encrencada, é *minha* amiga.

— Fala sério, pega leve. — Robbie dava a impressão de perder a paciência. — Sabe onde ela está ou não?

— Não, eu não sei... Desculpa.

— Bom, isso está ficando ridículo — continuou Robbie, olhando o relógio mais uma vez. — É um atraso grande até pra Simone.

Era verdade. Chegar atrasada fazia parte do estilo dela. Não importava a ocasião, Simone sempre chegava pelo menos meia hora atrasada.

Dois dias tinham se passado desde o anúncio das indicadas à rainha do baile. Quase não a vi, nem nenhuma das outras indicadas, desde aquela tarde na pizzaria. Não tínhamos ido embora em bons termos.

— Talvez ela tenha se esquecido de que tinha ensaio — sugeriu uma das freiras.

— Eu lembrei a ela três vezes hoje — rebateu Robbie. — E gritei com ela pra não se atrasar. — Ele empurrou nariz acima os óculos de armação preta. — Mas, ainda assim, conhecendo Simone, é possível que ela tenha se esquecido.

Ele soltou um suspiro dramático e pegou o celular no bolso da calça jeans.

— Eva — disse —, poderia ligar pra casa dela?

O lugar com melhor sinal de celular era na frente da sala do diretor. Eva demorou vários minutos para voltar.

— Ninguém atende — anunciou.

Baixei o pincel na lata que estava cheia de água e espiei do lado de fora. Justin gostava de ver os ensaios de Simone. Em geral, ele ficava agachado na última fileira do auditório.

Mas não esta noite.

Eu me levantei.

— Vou procurá-la — ofereci. — Talvez esteja em algum lugar perto da escola.

Pulei do palco e passei a vagar pelos corredores vazios. Não tinha muitas luzes acesas e não havia absolutamente ninguém por ali. Eu não me assusto com facilidade, mas andar pelos corredores vazios no escuro nunca esteve no topo da minha lista de coisas divertidas a fazer.

Onde eu estaria, pensei, *se fosse a Simone e tivesse me esquecido do ensaio?*

Primeiro tentei a biblioteca, mas estava trancada. Depois fui para o ginásio, no andar de baixo. Às vezes ela ficava ali, esperando o Justin terminar o treino de beisebol.

Abri a porta da escada. Estava muito escuro. Seria de imaginar que iam deixar algumas luzes acesas enquanto ainda tinha gente na escola.

Hesitei por um momento, depois prossegui.

A porta pesada se fechou às minhas costas com um *clique* muito alto. De repente fiquei preocupada, virei e tentei girar a maçaneta.

A porta tinha se trancado.

Logo senti um peso na boca do estômago. Não queria ficar trancada numa escada escura a noite toda. Rezei para o ginásio estar aberto.

Fui tateando para descer os degraus mal iluminados. Quando cheguei ao final, estava quase um breu. Eu agitava as mãos à frente em câmera lenta, tentando me guiar.

Enquanto meus olhos se adaptavam ao escuro, encontrei a porta do ginásio e girei a maçaneta. Trancada.

Eu estou presa aqui, pensei.

Não tenho como sair.

Eu... eu não conseguia respirar!

Não. Eu podia respirar muito bem. Repreendi a mim mesma por exagerar.

Calma, Lizzy. Calma.

Meu coração martelava como se estivessem tocando um tambor. Comecei a socar a porta.

— Tem alguém aí? Alguém! Me deixa *sair*!

Bati por vários minutos.

Nenhuma resposta.

Não tinha mais ninguém lá embaixo.

Agora Simone já devia estar no palco, cantando com toda emoção. Alguém sentiria falta da cenógrafa?

Eu duvidava.

Tentei dizer a mim mesma para me acalmar, mas o medo me dominou. Uma onda de terror varreu meu corpo.

Eu tinha que sair dali. *Precisava.*

Voltei a socar a porta com todas as minhas forças. Como isso não deu certo, comecei a gritar.

Eu tinha gritado duas vezes quando ouvi passos se aproximando do outro lado da porta do ginásio.

Parei de gritar e escutei.

Eu deveria sentir alívio, mas, em vez disso, fiquei ainda mais assustada.

Minha respiração ficou presa na garganta. A cabeça latejava.

É o assassino, pensei.

Ele estava escondido no ginásio. Ouviu meus gritos e sabe que estou sozinha, presa aqui. E agora está vindo atrás de mim.

Os passos ficaram mais altos.

Eu sabia que devia fugir.

Mas antes que conseguisse me mexer, a porta se abriu... e eu gritei de novo.

Capítulo 4

— Qual é o seu problema? Por que está gritando desse jeito?

Era o sr. Santucci, o zelador da escola. Estava boquiaberto, com uma expressão mais assustada do que a minha.

— Por que você desceu até aqui? — perguntou ele, examinando meu rosto na luz fraca. — Esta porta fica trancada.

— M-me desculpe — gaguejei. — Eu estava procurando uma pessoa.

— Não tem ninguém aqui embaixo — disse ele, balançando a cabeça. — Está tudo trancado. Você me deu um susto.

Pedi desculpa de novo, me sentindo uma idiota. Por que tinha *gritado* daquele jeito? Por que tinha deixado o medo me dominar?

Com o coração aos saltos, eu o segui pelo ginásio vazio. Ainda resmungando, ele abriu uma das portas dos fundos para mim.

Enquanto andava pelo estacionamento, ouvi um som conhecido e olhei para as quadras de tênis iluminadas, que ficavam no outro extremo do terreno.

A equipe de tênis estava treinando. Dawn estaria ali. Talvez tivesse visto a Simone.

Justo quando parti para as quadras, o portão na cerca se abriu e uma menina entrou. Estava longe demais para que eu enxergasse com nitidez, mas deu para ver que era alta e carregava uma raquete de tênis na mão.

Cheguei um pouco mais perto e distingui um cabelo loiro e comprido. Depois a reconheci.

— Dawn! — chamei.

Ela levantou a cabeça, assustada, e acenou de leve. Abriu a porta do Camaro vermelho da mãe.

Corri até ela. Dawn não ia embora sem nem mesmo me cumprimentar, ia?

— Dawn! — chamei de novo. — Você viu a Simone?

Ela segurou a porta do carro.

— Não desde as aulas — gritou de volta. Ela jogou a raquete no carro e entrou.

— Ei! Espera aí rapidinho! — chamei.

A garota arrancou. Tive que pular para o lado enquanto Dawn dava ré. Agitei os braços ao correr para o carro.

— Por que a pressa? — gritei, enquanto ela abria o vidro.

— Desculpa — disse ela. — Que foi?

— Eu estava procurando a Simone.

— Ah, bom, como eu disse, eu não...

— Dawn!

Agora eu estava a uma curta distância dela, perto o bastante para enxergar seu rosto com clareza. Estava arranhado e sangrava. Ela parecia ter sido ferida pelas garras de um gato feroz.

— Não é nada — falou, me vendo a encarar boquiaberta.

— Como assim, não é nada? Você está... — Agora eu estava bem ao lado do carro. — Seu uniforme branco está cheio de sangue.

— Ah, bom, nada que um sabão não possa...

— Tá, mas o que aconteceu?

Dawn acelerou o motor.

— Eu estava jogando com a Marcie. Acontece que ela tem uma rebatida superforte. E ficou rebatendo cada vez mais até eu esbarrar na porcaria da cerca. Não é nada. Parece muito pior do que é. Mas, olha, preciso ir pra casa porque... ah... bom, porque estou atrasada — terminou ela, sem me convencer.

E com essa desculpa, ela arrancou. Balancei a cabeça. Parecia que ela estava escondendo alguma coisa, mas eu não fazia ideia do que poderia ser.

— Lizzy?

Virei. Era Eva, acenando para mim do outro lado do estacionamento. Ao lado dela estavam vários integrantes do elenco. Vi Robbie entrar no carro e bater a porta.

— Não consegui encontrá-la! — gritei em resposta.

Eva assentiu.

— O ensaio foi cancelado. Não temos *ideia* de onde ela está.

Acho que eu podia ter pedido ao sr. Santucci para abrir o auditório e me deixar terminar a pintura da abadia, mas, a essa altura, eu não estava mais com humor para isso.

Fui até o carro, planejando ir direto pra casa. Mas aí eu lembrei que Simone morava em North Hills, perto da escola. Decidi parar ali no caminho. Talvez ela estivesse em casa.

O enorme Lincoln dos pais dela estava estacionado na entrada. Parei atrás dele, saí e corri para tocar a campainha. O rosto da sra. Perry surgiu ao lado das cortinas, vendo quem estava ali. Depois, a porta se abriu.

— Oi, Lizzy — disse ela, distraída. — Que bom te ver. — Ela estava de casaco. — Entre, por favor.

O sr. Perry apareceu no corredor. Também estava de casaco e olhava uma pilha de correspondência.

— Lizzy McVay! — exclamou ele calorosamente, como se tivesse esperado semanas para me ver.

Eu sempre achei o sr. Perry um cara legal.

— Simone está lá em cima, no quarto dela — falou a sra. Perry. — Pelo menos acho que está. Acabamos de chegar, mas vi a luz acesa quando paramos o carro.

Sorri e agradeci enquanto subia a escada de carpete grosso. *Boa, Simone*, pensei. Ela deve ter se esquecido totalmente do ensaio.

Reduzi o passo ao me aproximar do patamar.

Estava escuro ali, exceto por uma faixa de luz que passava por baixo da porta de Simone.

— Simone? — chamei.

Nenhuma resposta.

Deve estar ouvindo música nos fones de ouvido.

Fui até a porta e bati.

— Simone? Sou eu, Lizzy. Posso entrar?

Ainda nenhuma resposta. Bati mais uma vez.

Então a porta se abriu.

E arquejei de pavor.

Todo o cômodo estava revirado.

O quarto parecia torto. Por um momento, senti que estava prestes a cair.

A primeira coisa que vi foi o velho ursinho de pelúcia de Simone. Estava no chão, perto da cama. A cabeça tinha sido arrancada e o enchimento branco saía pelo corpo aberto. Os olhos de vidro preto do animal me encaravam, vazios.

O resto do quarto rapidamente entrou em foco.

As coisas de Simone estavam espalhadas pelo chão.

Os lençóis e a colcha tinham sido puxados da cama.

Uma luminária estava quebrada ao pé da mesa.

Havia papéis espalhados por todo lado. Uma das cortinas brancas da janela tinha sido arrancada do trilho.

Parecia que tinha acontecido uma briga terrível.

Soltando um gritinho de medo, comecei a recuar.

Mas então tive a visão mais apavorante de todas.

No carpete, perto dos meus pés, havia uma poça grande e escura de sangue.

Capítulo 5

Não gritei, mas cheguei perto de desmaiar. Senti o cheiro do sangue perto dos meus pés e corri pelo quarto até a janela aberta. Precisava de ar fresco, e rápido.

Botei a cabeça pra fora, ofegante, querendo ar.

E foi quando o vi.

Por um instante, o vulto dele foi iluminado pela luz na varanda dos fundos dos Perry.

Um homem.

Correndo pelo quintal em direção ao bosque. Carregava um saco cinza e grande nos braços.

Tentei enxergar ao máximo no escuro, mas ele sumiu de vista.

Então finalmente comecei a fazer o que achei que faria de imediato.

Comecei a gritar.

Na tarde seguinte, depois das aulas, voltei à casa de Simone. Justin, Robbie, Elana, Dawn, Rachel e algumas outras pessoas também apareceram. A polícia queria interrogar todos os seus amigos próximos.

Mesmo com todas as pessoas na sala de estar dos Perry, o cômodo parecia vazio. Todos sentíamos falta de Simone. Ninguém a via desde o dia anterior.

A polícia ainda não tinha chegado. Ninguém falava muito. Todos sentiam muito medo.

Levantei e fui à cozinha. Queria ver se podia ajudar a sra. Perry, mas queria principalmente sair da sala de estar.

— Ah, Lizzy. — A sra. Perry abriu um sorriso fraco quando entrei. Estava arrumando biscoitos de creme de amendoim em uma travessa para servir a todos nós. Mas vi que suas mãos tremiam, e o rímel tinha escorrido um pouco. — A polícia vai chegar a qualquer momento.

— Eu levo isso — falei, tirando os biscoitos da mão dela.

Era como se a mulher precisasse segurar algo para se manter calma. Suas mãos agora tremiam ainda mais. Ela as usou para cobrir o rosto.

— Desculpe — disse ela. — É que estou muito assustada.

Eu sabia o que fazer quando pessoas jovens começavam a chorar ou pareciam ter medo. Em geral, eu conseguia aliviar com uma brincadeira, um abraço ou o que fosse, até que elas se sentissem melhor. Sempre que Rachel ficava deprimida, por exemplo, eu dizia: "Você tem chulé." Era tão idiota que sempre a fazia rir.

Mas quando eram os adultos, eu ficava totalmente perdida. Era óbvio que eu não podia dizer que a sra. Perry tinha chulé.

Fiquei parada ali, inútil, enquanto ela começava a chorar. Por sorte, o sr. Perry entrou na cozinha naquela hora. Rapidamente, passou os braços pela esposa.

— Simone vai ficar bem — sussurrou para ela.

— Não, não vai — disse a sra. Perry entre soluços.

O sr. Perry apertou o abraço.

— Quem a sequestrou só quer dinheiro. Vamos dar o que quiserem e será o fim de tudo.

Era nítido que o pai de Simone não acreditava de verdade nisso. Que tipo de sequestrador deixava uma poça do sangue da vítima pelo chão?

Um assassino, é isso que ele é.

Como o cara que matou aquela garota, a tal de Stacy, que foi encontrada no bosque da rua do Medo.

O sr. Perry tentou me dar um sorriso tranquilizador por cima do ombro da esposa, mas seu rosto estava muito abatido. Tinha bolsas grandes e escuras sob os olhos, como um guaxinim.

— Por favor, diga a todos que a polícia chegará a qualquer momento.

Voltei para a sala de estar.

Todos me encararam quando entrei na sala, como se tivessem esperanças de que eu fosse Simone.

Dei de ombros.

— Eles disseram que a polícia vai chegar a qualquer momento.

Como que seguindo uma deixa, a campainha tocou.

Dois policiais estavam na varanda da frente. O sr. Perry saiu às pressas da cozinha. Seu rosto se iluminou quando os viu.

— Alguma notícia? — perguntou, esperançoso.

Um dos policiais, um cara alto e desengonçado, negou com a cabeça. A outra, uma baixinha de cabelos pretos, franziu a testa. O sr. Perry desanimou.

Ele os conduziu à sala de estar e nos apresentou. Depois disse:

— Vou buscar minha esposa. — E saiu.

— Agradeço muito que tenham tempo para conversar conosco — falou o policial Jackson, o alto e desengonçado, ao enorme grupo. Ele parecia quase tão preocupado quanto os Perry.

— Acha mesmo que é um sequestro? — perguntou Dawn.

O policial Jackson ergueu os ombros estreitos.

Eu ouvia a sra. Perry assoar o nariz na cozinha.

— Esperamos que sim — disse a policial Barnett, com um sorriso tenso. — Mas também estamos preparados para...

— Para o pior — o policial Jackson completou a frase. — Neste momento, temos vários agentes vasculhando o bosque da rua do Medo.

Todos nos olhamos em um pavor silencioso. O bosque da rua do Medo, onde encontraram Stacy. O bosque onde... Uma imagem surgiu na minha cabeça, do noticiário da TV: o saco azul para cadáveres no barranco cheio de lama.

Se havia alguém na sala que não acreditava antes, isso tinha mudado: nunca mais veríamos Simone.

Rachel trocou um olhar comigo. Era como se esperasse eu dizer que isto não estava acontecendo de verdade.

Tentei ser tranquilizadora, mas, por mais apavorada que eu tenha ficado quando Stacy foi encontrada no bosque, não era nada perto do que sentia agora. Era Simone, alguém que eu conhecia desde o jardim de infância.

O sr. e a sra. Perry vinham na nossa direção, trazendo uma bandeja de biscoitos e uma jarra de leite. Ela mordeu o lábio quando viu a polícia. Ele pegou a bandeja e a colocou na mesa de centro.

Robbie Barron estendeu a mão e pegou um biscoito. Todos o encararam. Como ele conseguia comer numa hora como aquela? Deu uma mordida no biscoito e, no silêncio da sala, todos o ouviram mastigar. Ele olhou em volta e viu que todo mundo o observava, então descartou o que restava do biscoito.

Bem nesse momento o telefone tocou.

Todos nós tomamos um susto, como se tivéssemos levado um choque elétrico. O sr. Perry disparou para fora da sala. Voltou um tempinho depois.

— Era só minha secretária — explicou, com uma expressão triste.

— Tudo bem — disse a policial Barnett, pegando um bloco grande e preto no gancho do cinto e o abrindo. — Vamos começar. Precisamos de qualquer informação que possa ser útil para encontrar Simone. *Qualquer coisa* — acrescentou ela com firmeza.

— Tudo é importante. Entenderam? — completou seu companheiro, os olhos nos avaliando um por um.

Assenti vigorosamente, como se fosse uma pergunta que exigisse de fato uma resposta. Depois o policial Jackson disse:

— Quem quer começar?

Eles ficaram nos olhando. Todos nos remexemos, desconfortáveis, onde estávamos sentados. Isto era pior do que quando um professor fazia uma pergunta e ninguém levantava a mão.

Muito pior.

— Muito bem, vamos começar por onde todos vocês estavam ontem à noite — sugeriu a policial Barnett. Ela voltou os olhos para o menino mais próximo dela. Justin.

Justin parecia muito nervoso, ainda mais do que o resto de nós.

— Eu... hmm... eu estava na...

Por que ele parece estar pensando numa mentira?, me perguntei.

— Eu estava na casa de Elana — disse ele, por fim. — Estudando. Quer dizer, sabe como é. A gente estava fazendo o dever de casa juntos.

Encarei Elana. Eu estava chocada!

Elana viu meu olhar e ficou vermelha. Então virou a cara.

Quem convidou quem?, imaginei. Aposto que foi Elana que convidou Justin. Ela não deve ter gostado que ele chamou Rachel e Dawn para sair e a ignorou.

Olhei rapidamente para a sra. Perry, mas ela não demonstrou surpresa. Acho que tinha muito mais no que pensar agora do que se Justin estava ou não traindo sua filha.

— Eu trabalhei a tarde toda na 7-Eleven — falou Rachel. — Depois fui pra casa.

— Eu estava jogando tênis — informou Dawn à polícia.

Ela olhou para mim e me lembrei da roupa branca ensanguentada. Mas ela tinha explicado, o acidente com a cerca.

O policial Jackson me olhava com expectativa.

— Eu estava trabalhando no cenário — comecei.

— No cenário? — perguntou ele.

— A escola de Simone está fazendo uma peça de *A noviça rebelde* — interveio o sr. Perry.

O policial assentiu.

— Continue.

— Já contei tudo isso pra polícia ontem à noite — falei.

— Conta pra gente — pediu o policial Jackson pacientemente.

Contei toda a história apavorante de novo. Que eu tinha parado para procurar a Simone. Que encontrei o quarto dela todo revirado. Do sangue no carpete. E que eu tinha corrido até a janela para respirar e vi um homem fugindo no escuro.

— Agora — disse a policial Barnett —, isto é muito importante. Consegue se lembrar de alguma coisa sobre a aparência do homem? Qualquer coisa?

Todos me encaravam. Senti que começava a transpirar. De repente, parecia que cabia a mim, e só a mim, pegar quem tinha atacado Simone.

Tentei, mentalmente, olhar de novo pela janela de Simone, mas não consegui visualizar o cara.

Ele era um borrão escuro.

Um borrão escuro e assustador.

Neguei com a cabeça.

— O saco que ele carregava — perguntou o policial Jackson. — Qual era o tamanho?

Eu sabia o que ele estava perguntando de verdade.

— Do tamanho de uma pessoa — respondi.

A sra. Perry soluçou e levou a mão à boca.

— Robbie, qual foi o problema entre você e Simone ontem? — perguntou Elana, hesitante. — Quer dizer, parece que vocês dois brigaram feio.

Todos os olhos se voltaram para Elana, depois para o garoto, então de volta para Elana.

— Não foi nada — respondeu ele em voz baixa.

— Mas parecia — insistiu Elana. — Você estava muito chateado porque Simone sempre chega atrasada nos ensaios. Disse que ela estava estragando toda a produção com esse desleixo. Falou que se ela não começasse a chegar na hora, você ia enfiar a touca de freira pela goela dela e...

— É claro que eu estava discutindo com ela — interrompeu Robbie numa voz estridente. — Quem *não* discutia com ela? Ela era impossível!

A palavra *era* me fez estremecer.

— Robbie! — censurei.

Todos lançamos olhares ao sr. e à sra. Perry.

Robbie ficou vermelho como um pimentão.

— Desculpa — disse ele. — Eu não tive a intenção... quer dizer...

— Vamos continuar — falou o sr. Perry, impassível.

Depois que todos informaram seus paradeiros na noite anterior, a policial Barnett virou-se para Justin.

— Você sabe se Simone tinha algum inimigo? — perguntou. — Alguém que quisesse fazer mal a ela?

— Não — disse ele.

— E a última vez que você a viu foi...

— No almoço, ontem.

— E ela estava...

— Chateada — falou Justin. — Muito chateada, graças a... — Ele olhou para Robbie, que disse:

— Ah, por favor!

Por fim, depois de uma hora de interrogatório, a policial fechou o bloco com um estalo.

— Agradeço a todos. Se pensarem em alguma coisa que queiram acrescentar, liguem para nós na delegacia de Shadyside. Se não estivermos lá, deixem um recado e vamos procurar vocês o mais rápido possível.

O policial Jackson assentiu para o sr. Perry enquanto ele e a policial Barnett iam até a porta. Todos na sala se levantaram, prontos para sair. Ninguém queria ficar nem mais um minuto ali.

Quando saí, fiquei assustada com o sol ainda brilhando forte. O gramado dos Perry era verde e alegre. Era tão estranho depois do que tínhamos acabado de conversar. Tudo *parecia* bem.

Pus as mãos acima dos olhos para proteger da luz. Vi Rachel indo para o carro dela. Estava de braços dados com Gideon. Elana passou por mim à direita.

— Horrível, né? — falei. Foi só o que consegui pensar em dizer.

Elana mal me olhou e continuou andando.

— Espera um minuto — pedi, correndo para alcançá-la.

Havia uma fila comprida de carros na frente da casa dos Perry. Elana tinha estacionado perto do final e eu estava bem atrás dela. Não falei nada até quase chegarmos no meu carro.

— Eu só queria que tivesse alguma coisa que a gente pudesse fazer — falei. — Tipo, nós éramos... somos... algumas das melhores amigas dela e...

— Olha — disse Elana bruscamente —, pra mim já deu, beleza? Não consigo mais falar nisso.

Ela abriu a porta do carro, entrou e a fechou com força.

Nossa, pensei. *Isso que é união numa crise.* Fiquei encarando enquanto ela arrancava. Elana olhava bem à frente e nem acenou em despedida. Tinha a expressão paralisada.

Aí a ficha caiu. Ela estava paralisada de medo. Como todos nós. E o jeito de Elana controlar o medo era fingir que coisas ruins não aconteciam.

Peguei meu chaveiro de pé de coelho e me atrapalhei para colocar a chave na tranca.

Então ouvi passos atrás de mim... passos ressoando na calçada, correndo na minha direção.

E ouvi uma voz gritando.

— Eu a matei! Eu a matei!

Capítulo 6

Eu me virei. Na minha direção, vinha correndo um cara corpulento com um sobretudo bege que batia nas costas enquanto ele se mexia. Seu rosto estava contorcido de agonia. Os braços estavam estendidos, como se pedisse perdão.

— Muito engraçado, Lucas — falei.

Lucas Brown era um dos garotos mais esquisitos que já conheci. Até o sobrenome, que significa marrom ou castanho e é o mais normal do mundo, era esquisito quando se pensava nele. Lucas Brown tinha cabelo e olhos castanhos. E em geral usava roupas… adivinha… marrons.

Seus olhos eram meio juntos, então ele parecia um pouco vesgo. Isso não era nem metade do problema. Uma vez, Lucas me disse que tinha um diário de mortes medonhas que ouvia na TV. "Mulher cortada ao meio por guindaste caído", esse tipo de coisa. Ele achava histórias assim divertidas. Dizia que o animavam.

Ânimo era uma coisa de que ele sempre precisava, e muito. Quase sempre estava em depressão profunda. E por que não? O cara não tinha amigo nenhum. Nenhum que eu soubesse, de qualquer forma.

Naquele momento, ele ria tanto que pensei que ia cair.

— Te peguei! — gritou.

Era inacreditável como aquele garoto era esquisito.

Eu me virei pra porta do carro.

— Ei! — continuou ele. — Fala sério. Você acreditou *mesmo* em mim!

Virei depressa e o olhei de novo.

— Você tem um senso de humor bem distorcido, sabia?

— Ah, qual é, Lizzy. Foi uma brincadeira!

— Uma brincadeira? Simone provavelmente foi assassinada.

— Eu sei — disse ele com a expressão mais sombria. Pensei que estivesse chateado por causa de Simone, mas depois ele falou: — Isso não quer dizer que você tem que brigar *comigo* quando eu faço uma brincadeira idiota.

Foi difícil não gritar.

— Você é inacreditável — falei. — Dá pra parar de pensar em si mesmo? Tipo, você não se sente mal, nem um pouquinho? Vocês dois já namoraram!

Lucas ergueu os olhos à copa das árvores.

— É, namoramos — disse ele com amargura. — Obrigado por me lembrar.

Ele estava muito perto de mim. Agarrou meu braço e começou a me puxar.

— Vamos tomar uma Coca — falou. O toque mágico de Lucas com as meninas: não peça, dê ordens. — Preciso falar com você.

— De jeito nenhum — respondi.

Ele piscou, magoado. Deu para perceber. Então falou:
— Tudo bem, tem razão. Agora não é a hora. Vamos lá em casa então pra gente se pegar.

Eu me desvencilhei dele com raiva. Meu braço doía onde o garoto tinha apertado. Parecia que eu tinha acabado de receber uma injeção tripla. Eu o encarei com a maior frieza possível, depois entrei no carro e bati a porta.

Ele bateu no vidro sorrindo pra mim. Era um sorriso maldoso, como se soubesse de alguma coisa que eu não sabia. Apertei o botão, e o vidro baixou uns centímetros.

Lucas se abaixou para que seus olhos escuros ficassem alinhados com a abertura.

— Isso foi um sim ou um não? — Ele riu.
— Você se acha mesmo muito engraçado, não é? — falei.
— Simplesmente sou divertido, não consigo evitar.
— Divertido como uma injeção na testa.

Foi o único insulto que consegui pensar. Acho que ouvi quando estava na terceira série. Um dia eu ia juntar um monte de insultos realmente bons e ia usar todos eles com Lucas Brown.

Lucas meteu a mão pela fresta no vidro e mexeu os dedos perto da minha cabeça. Apertei o botão do controle e fechei o vidro de novo.

Com um grito de raiva, ele puxou a mão depressa. Depois, arranquei com o carro.

Enquanto ia embora, vi que Lucas ficou ali, ainda parado, ainda me encarando.

Mas que cara doente! Ele é tão esquisito. Não conseguia imaginar o que Simone tinha visto nele.

Aí lembrei que Lucas era do time de beisebol do colégio. Ele era um dos lançadores e às vezes jogava na primeira base.

Quando Simone terminou com ele, Lucas ficou mal. Espalhou que a Simone tinha usado ele para chegar no Justin.

Lucas não foi o único que disse isso. A maioria da galera concordava com ele.

Era fácil entender por quê. Quando Simone começou a namorar Lucas, ninguém conseguiu acreditar que ela estivesse realmente interessada nele.

Para falar a verdade, ela aparecia em todos os treinos de beisebol... supostamente para ficar com Lucas.

Enquanto isso, nessas idas, Justin tinha a chance de ficar de olho nela. Simone não era discreta. Sempre usava as roupas mais provocantes em todos os jogos.

Assim que Justin a chamou para sair, Simone largou Lucas *num piscar de olhos.*

Eu costumava defendê-la quando as pessoas diziam essas coisas pelas costas dela, mas considerando agora como o Lucas era problemático, fazia sentido ela ficar com ele só para conseguir Justin.

Liguei o rádio e procurei uma música lenta e tranquilizadora. Em vez disso, ouvi "Ainda não há nenhuma novidade no caso, mas a polícia de Shadyside reafirma que não há motivos para ligar o desaparecimento de Simone Perry às mortes recentes de Stacy Alsop e Tina Wales".

Não há motivos? A não ser pelo fato de que obviamente foi trabalho de algum psicopata. Desliguei o rádio.

Tinha alguma coisa me incomodando. Alguma coisa que não saía da minha cabeça. Alguma coisa que eu começava a lembrar, mas depois esquecia.

Lucas... Justin... Simone indo para o treino de beisebol.

Beisebol! O time!

Isso.

O borrão escuro.

O vulto correndo, carregando o saco cinza.

A imagem de repente ficou um pouco mais nítida.

Parei o carro junto ao meio-fio e tentei controlar a respiração.

Eu tinha acabado de me lembrar de uma coisa muito importante sobre o homem que vi fugindo pelo quintal de Simone.

E essa lembrança quase me matou de medo.

Capítulo 7

— Adivinha quem me ligou ontem à noite e me convidou pro baile? — falei. — Lucas Brown!

— *Não!* — gritaram Dawn e Rachel.

A gente estava no meu Toyota verde, indo para o Shadyside Mall. Eram 16h45 de quarta-feira. Duas longas semanas se passaram desde o desaparecimento de Simone. Duas semanas sem nenhum telefonema do sequestrador. Duas semanas que deviam parecer dez anos para o sr. e a sra. Perry.

Eu não conseguia parar de pensar nela nem por um minuto. Não importava o que eu falasse agora, ela estava ali, como uma sombra, me seguindo para todo lado.

— Me conta o que ele disse, palavra por palavra — insistiu Dawn.

— Ele disse: "Adivinha com quem você vai pro baile? Comigo!"

Dawn e Rachel riram da imitação que eu fiz da voz e do jeito abrupto dele, mas eu não estava rindo. O telefonema tinha me dado calafrios.

— O que você disse? — perguntou Rachel.

— Fui muito educada. Fingi que ele não era esquisito. Agradeci e disse que ainda tinha esperanças de Kevin ter permissão para vir, o que é verdade.

— Não só isso, você acha que Lucas é um psicopata homicida — acrescentou Rachel. — Justo o que qualquer garota quer como par pro baile.

— Você não pensa assim de verdade — disse Dawn. — Ah, sem essa. O Lucas?

— Ei — falei. — Eu só o acho estranho, só isso. Todo mundo acha. E além do mais, tem a jaqueta.

Era disso que eu tinha lembrado quando saí da casa de Simone. O cara que eu vi fugindo da casa dos Perry estava vestindo uma jaqueta de náilon marrom. A mesma do time de beisebol do colégio Shadyside.

As pernas de Dawn apareceram no retrovisor. Ela estava deitada no banco traseiro, fazendo elevação de perna.

— Vocês não podem falar de outra coisa? — perguntou.

— Não — respondi simplesmente. — Na verdade, não podemos.

— Tudo bem — disse Dawn —, então ele estava de jaqueta marrom. Isso não quer dizer que fosse do time de beisebol. Os psicopatas também podem usar marrom, sabia?

— É, mas você não percebe? — Tirei uma das mãos do volante e cortei o ar para enfatizar meu argumento. — Lucas é do time de beisebol. É a única coisa que ele se orgulha, apesar de quase nunca jogar. Ele está quase sempre com aquela jaqueta.

— Ah, corta essa — falou Dawn. — Por que Lucas Brown mataria Simone?

— Vingança. Ele tinha um ódio mortal da Simone desde que ela terminou com ele.

— Fala sério — insistiu Dawn. — As pessoas não saem por aí matando quem terminou com elas!

— Lucas não é qualquer um — lembrei a ela. — Ele é um lunático de primeira.

— E os olhos dele são um pouco vesgos — acrescentou Rachel.

Dawn deu uma risadinha.

— Ter problema de vista não faz dele um assassino.

— Bom, ele sem dúvida tem um pezinho na esquisitice, isso é certo — afirmou Rachel. — Ouvi que quando os pais dele decidiram sacrificar o cachorro da família, Lucas foi lá e enforcou o animal numa árvore do quintal.

— Ah, *por favor* — gemeu Dawn. — Quem te contou essa idiotice?

— Gideon — admitiu Rachel, corando.

Tirei os olhos da rua e olhei para ela. Me ocorreu que Gideon também era do time de beisebol. Mas por quê...

Dawn se sentou e interrompeu minha linha de raciocínio.

— Olha, Lizzy — disse. — Você *sabe* quem foi. Eu também. Assim como todo mundo em Shadyside.

Rachel arregalou os olhos.

— Quem?

— O mesmo psicopata que matou aquela garota de Waynesbridge e a arrastou pro bosque da rua do Medo — respondeu Dawn. — E a garota de Durham. Agora, por que Lucas mataria *essas* meninas? Elas terminaram com ele também?

— Sei lá — falei. — De repente o cara só quer se ver na TV. Ele tem um diário de mortes e assassinatos estranhos, sabia?

Dawn revirou os olhos.

— Ah, ele só acha que coisas assim fazem dele um cara descolado.

Pensei nisso por um momento. Acho que eu *estava mesmo* exagerando. A ideia de Lucas realmente matar Simone parecia inacreditável.

— Talvez você tenha razão — admiti.

Agora, a gente estava passando pela escola. Todas as luzes estavam apagadas. O prédio se agigantando no entardecer como um castelo antigo e maligno.

Que ótimo... agora até a nossa escola me dava medo.

Virei à esquerda no semáforo. Rachel se virou para mim, surpresa.

— Ei — chamou Dawn, do banco traseiro. — O shopping é por ali.

— Quero passar na casa da Simone — expliquei. — Ver se tem alguma novidade.

Dawn reclamou, mas insisti. Um minuto depois, conduzi o carro para a entrada dos Perry e estacionei atrás de seu enorme Lincoln prata. A luz da varanda estava acesa. Acho que os Perry ainda rezavam pela volta de Simone.

Rachel foi comigo tocar a campainha. Dawn esperou no carro.

O sr. Perry atendeu, mais abatido que antes. A camisa branca e a gravata estavam amarrotadas, como se ele tivesse dormido vestido, e uma barba de um dia escurecia seu rosto.

— Nenhum sequestrador ligou — informou com tristeza. Ele olhou para o carro por cima da nossa cabeça.

— Dawn — expliquei.

O sr. Perry assentiu.

— Escutem — falou —, não quero assustar vocês, mas a essa altura a polícia está considerando o caso como muito grave. Dizem que podem estar lidando com o mesmo homem que...

Ele parou. Não conseguiu criar coragem para falar a palavra *matou*. Em vez disso, disse:

— O mesmo homem que estão procurando por causa daquelas duas meninas.

Seus olhos encontraram os meus. Era como se a vida tivesse desaparecido deles. O sr. Perry não conseguiu abrir nem um leve sorriso.

— Vão para as suas casas, em segurança — falou e fechou a porta.

No carro, Dawn entendeu nossas feições. Não precisou perguntar se havia alguma novidade.

Enquanto seguíamos para o shopping, Rachel falou:

— Ela era uma grande atriz, sabe? Muito talentosa.

— Era uma das pessoas mais divertidas que já conheci — concordei.

— Não acredito nessa história toda — continuou Rachel. — Que ela se foi, sabe? Parece que tem um buraco grande e vazio na minha vida, onde antes tinha uma amiga.

Mordi o lábio.

— O que dizem é verdade. A gente acaba desejando ter dito todas essas coisas a ela antes.

— Tipo "Eu te amo" — concordou Rachel.

— Ah, *blergh*! — foi a resposta de Dawn.

— Que foi? — Tirei os olhos da rua para encarar feio Dawn pelo retrovisor.

— É isso mesmo que você ouviu. Vou vomitar aqui atrás.

Senti a raiva me subir pela garganta.

— Como você pode ser tão insensível?

— Olha aqui — disse Dawn. — O que aconteceu com a Simone é uma tragédia. Lamento tanto quanto vocês. Mas não vamos exagerar. Simone nunca foi minha melhor amiga. E se forem sinceras com vocês mesmas, vão admitir que não era a melhor amiga de vocês também. Ela era extremamente egocêntrica. Falando sério, conseguem dizer uma única coisa que ela tenha feito por qualquer uma de vocês?

— Cala a boca, por favor? — Pisei no acelerador, sentindo minha nuca esquentar.

Eu estava dirigindo trinta quilômetros por hora, além do limite de velocidade. Fomos em silêncio por vários quilômetros.

— Olha... — recomeçou Dawn —, pode me odiar se quiser, mas só estou dizendo que precisamos tentar tirar isso da cabeça por algumas horas.

— Como? — perguntei, infeliz.

— Seguindo com nosso plano. Vamos ao shopping, né? Vamos ver os vestidos provocantes que usaremos no baile e que vão fazer os meninos babarem. E depois vamos ao cinema. E vamos nos divertir muito. Combinado?

Rachel e eu nos entreolhamos. Eu dei de ombros.

— Combinado — dissemos eu e Rachel em uníssono, mas nenhuma das duas acreditava nisso.

E então Dawn bateu palmas.

— Ei — disse ela. — O baile vai ser só daqui a duas semanas e meia!

— Que ótimo — falou Rachel, melancólica.

Dawn disse:

— Tenho que decidir logo com quem eu vou.

Como em suas previsões, Dawn já tinha sido convidada para o baile por três meninos.

— Eu não me importaria de ser convidada por três caras — resmungou Rachel.

— Todo mundo sabe que você vai com Gideon — falei —, então ninguém vai te convidar.

— É verdade — concordou Rachel.

— Sim. Se quiser convites, termine com Gideon. Vai ter um monte de caras te convidando pro baile.

— Ótima ideia — ironizou Rachel, revirando os olhos.

— E você? — Dawn me perguntou. — O que vai fazer se Kevin não puder vir?

— Vou sozinha, acho — respondi sem convicção.

— Não vai ficar se sentindo mal? — Dawn quis saber.

— Não. — Balancei a cabeça, me sentindo péssima.

— Falei com Lisa Blume hoje — continuou. — Ela disse que contrataram uma ótima banda de rock, os Razors, para tocar no baile.

Assenti sem entusiasmo. Estava me imaginando dançando sozinha.

Alguns minutos depois, eu estava fazendo poses diante de um espelho de três faces, apertada em um vestido cor-de-rosa de baile. A gente estava na Ferrara's, no Shadyside Mall. Os preços naquela loja eram um escândalo, mas minha mãe tinha me dito para não me preocupar com dinheiro quando escolhesse o vestido. Eu me virava para a esquerda e para a direita.

— Não te valoriza, se entende o que quero dizer. — Dawn foi mordaz, tentando esconder a expressão irônica.

Senti que meu rosto esquentava.

— Só estou tentando ajudar — disse ela. — O que não preciso fazer, considerando que somos concorrentes.

Voltei a olhar os vestidos na arara. Mais adiante na fileira, vi Rachel segurando um tubinho vermelho e feio. Ela apontou para ele e me olhou, inquisitiva. Neguei com a cabeça, mas sorri gentilmente. Eu não ia ser igual a Dawn!

— O que quer que eu diga? — continuou Dawn. — Que ele fica ótimo quando não fica?

Dei de ombros.

— Admite — disse ela, dando um cutucão nas minhas costelas —, você sabe que eu vou vencer, então por que não para de se preocupar logo? Não importa a roupa que vai vestir.

— Certo.

— Mas é verdade. Eu sempre venço tudo, e você sabe disso!

Olhei para ela, incrédula. Dawn simplesmente não sabia quando parar. O pior era que ela não estava mais brincando. Eu sabia que estava falando muito sério.

Foi aí que eu vi. Preto, de alcinha e um decote profundo. Era tão sexy que eu quase imaginava os meninos desmaiando com o vestido mesmo sem ninguém dentro dele.

— *Aaaaah!* — soltei meu entusiasmo e o retirei da arara.

— Deixa eu ver! — Dawn segurou o cabide, ríspida.

— Espera — falei. — Eu o vi primeiro.

Mas Dawn ficou puxando o vestido. Outras clientes começaram a olhar.

— Lizzy, para de ser *idiota* — sibilou Dawn. — Ficaria muito melhor em mim, e você sabe. Você nem tem altura suficiente pra um vestido desses.

Ela deu um último puxão e arrancou o vestido das minhas mãos.

— Obrigada — falou, com um sorriso gelado. — Pode segurar isso aqui? — Ela me passou os três vestidos que já tinha escolhido e foi saltitante para o provador.

Fiquei olhando pra ela. Tinha apenas uma pergunta pra mim mesma: por que eu me dava ao trabalho de ser amiga de Dawn?

Estava com tanta raiva que só queria gritar. Mas não gritei. Não disse nem uma palavra. Só a deixei ir com o *meu* vestido. O que me deixou com mais raiva ainda, é claro.

Esse é um dos meus problemas. Eu nunca reajo rápido o suficiente. Nunca falo quando estou *realmente* irritada. E aí me sinto uma idiota tocando no assunto depois.

Pensei em Simone. O que ela faria se estivesse aqui? Ela ia gritar com Dawn, para começar. Simone não era do tipo de engolir sapos. Depois, provavelmente ia começar a fazer alguma imitação engraçada de como Dawn era competitiva. Algo que deixaria a garota furiosa, mas faria o restante de nós rir.

Minha raiva começava a ceder. No lugar, veio um sentimento de perda horrível. Simone nunca, jamais me faria rir de novo. Só em minhas lembranças. Eu não conseguia processar tudo isso, mas era verdade.

Simone estava morta. As palavras soavam tão estranhas, mesmo quando ditas em silêncio.

Olhei o relógio. 17h40.

— Rachel — chamei —, precisamos ir. A gente vai perder o filme.

Rachel viu as horas e devolveu à arara o vestido que segurava.

— Tan-dan! — Dawn saiu explosivamente do provador com o vestido preto e fez uma série de poses sensuais. Eu tinha de admitir, ela estava fantástica.

— Beleza, Madonna — falei. — Está na hora.

Dawn comprou o vestido preto — nossa única compra — e então fomos correndo para o cinema.

Depois de comprarmos os ingressos, Dawn e Rachel entraram para escolher os assentos enquanto eu comprava a pipoca. Fiquei na fila, tentando decidir se também devia comprar chocolates. Não se eu quisesse ficar bem no vestido do baile, respondi pra mim mesma.

Eu estava tão perdida em pensamentos com essa questão de vida ou morte que quase não notei quem estava na minha frente na fila.

Cabelo platinado espetado. Uma blusa de alcinha preta e justa decorada com paetês. Jeans incrivelmente apertados que destacavam duas pernas sensuais e finas. Mesmo de costas, eu sabia quem era: Suki Thomas. A garota era muito popular com os meninos do colégio. E o interesse deles não era bem porque ela ajudava com o dever de casa!

Suki estava com os braços em volta do pescoço do acompanhante e ria no ouvido dele.

— Compra bombons de sorvete — sussurrou ela com a voz rouca.

O cara riu. Enquanto se afastava para falar com quem atendia no balcão de doces, eu vi quem era.

Justin.

Quando se virou e me viu, ficou vermelho. Esse crédito eu dou a ele.

— Oi — falou, como se estivesse mesmo feliz em me ver.

— Oi, Justin. Oi, Suki — cumprimentei, tentando disfarçar a surpresa.

— Oi, Lizzy — respondeu ela. — Está tão empolgada quanto eu?

— Com o quê? — perguntei.

— Tipo, pensa só — Suki estava entusiasmada —, um filme novo com Timothée Chalamet. Nossa.

Justin tinha comprado a pipoca deles.

— Vamos — disse ele, puxando-a. — Quero pegar lugares bons.

Inacreditável. Eu sabia que Justin pulava de uma garota para outra mesmo antes de Simone desaparecer. Ele tinha ficado com Elana no dia do desaparecimento dela. Além de Dawn e Rachel, que também tinham saído com ele.

Simone não estava mais por perto para ficar com raiva, mas de algum modo isso piorava ainda mais as coisas. Ela estava morta em algum lugar, assassinada, e duas semanas depois ele estava saindo com Suki Thomas.

Realmente inacreditável. Dawn, Lucas, Justin... será que eu era a única que se importava com uma menina da nossa turma ter sido assassinada?

Tentei não ficar com raiva. Precisava realmente curtir o filme. Sentia que carregava um peso gigantesco desde que abri a porta do quarto de Simone naquela noite. Dawn não era a única que precisava de um alívio.

Mas acabou que o filme era muito chato. Nem Timothée Chalamet conseguiu salvar. O casal na minha frente se agarrou na maior parte do tempo, então ficou bem complicado assistir. E meus tênis ficavam grudando na sujeira do chão.

Na maior parte do tempo, fiquei distraída demais para acompanhar o filme. Os acontecimentos das semanas anteriores surgiam sem parar na minha cabeça. Não conseguia me livrar deles.

Tudo era importante, tinha dito o policial Jackson. *Havia algum detalhe que eu estava deixando escapar?*

— Preciso comprar uma bebida — sussurrou Dawn, passando por cima de mim e pisando no meu pé. — Desculpa!

Estiquei o pescoço para procurar Justin e Suki, mas não consegui enxergar os dois. Tentei prestar atenção no filme. Uns dez minutos depois, Dawn ainda não tinha voltado.

— Por que ela está demorando tanto? — sussurrou Rachel.

Eu tinha me esquecido completamente da garota. O filme enfim tinha ficado um pouco interessante. Timothée Chalamet estava apaixonado por uma espiã inacreditável de tão linda.

— Sei lá — falei. — Talvez tenha caído no banheiro.

Rachel não riu.

— Vou procurá-la.

— Tudo bem, só tenta não... *Ai!*

Rachel pisou no meu pé ao passar, o mesmo pé que Dawn tinha pisado.

Na tela, a espiã acariciava suavemente o rosto de Timothée Chalamet. "E então", dizia ela de um jeito sedutor, "você trabalha para o general Frick?"

"Somos assim", respondeu Chalamet, unindo dois dedos em sinal de proximidade.

Eu me perdi no filme de novo. Até que ouvi meu nome sendo chamado.

Eu me virei e olhei o corredor.

Vi Rachel cambaleando na minha direção pelo cinema escuro.

— Lizzy! Lizzy! — exclamou ela em um sussurro forçado.
— O quê?

Levantei da poltrona.

— Lizzy! Vem rápido! É a Dawn! Aconteceu uma coisa horrível!

Capítulo 8

Com o coração aos saltos, cambaleei pelo corredor atrás de Rachel, que não tinha esperado por mim. Ela atravessou correndo as portas duplas para o saguão iluminado. Eu a segui, meus olhos se adaptando lentamente à luz forte.

Lá estava Dawn. Deitada de costas no carpete vermelho, com as pernas como se tivesse caído de uma grande altura.

Ela está morta.

Foi a primeira coisa que pensei.

Mas aí vi que não tinha sangue.

Ajoelhado ao lado dela estava um lanterninha jovem e gordo, de jaqueta vermelha e gravata azul. De pé atrás dele estava um homem de meia-idade e jaqueta azul, que parecia nervoso e torcia as mãos. Tinha um broche de bronze que dizia GERENTE.

Dawn estava inconsciente. Apagada.

— Rachel — suspirei. — O que está acontecendo?

A cara de Rachel estava muito branca, branca feito papel.

— Eu a encontrei deitada no chão, no fundo do cinema — explicou, a voz mal passando de um sussurro. — Eles a trouxeram aqui pra fora.

Agora o adolescente da bomboniere vinha correndo com um copo de Coca-Cola. O gerente pegou e disse:

— Traz o kit de primeiros socorros!

De repente Dawn mexeu a cabeça. Só um pouco, mas todos os olhos logo se voltaram para ela. Ajoelhei ao seu lado.

— Dawn? — falei. — Sou eu... Lizzy!

Dawn respondeu com um gemido fraco.

— Ela deve ter desmaiado — falei.

— Acho que sim — respondeu Rachel.

O garoto da bomboniere trouxe o kit de primeiros socorros. O gerente abriu e procurou os sais aromáticos. Passou o frasco sob o nariz de Dawn.

Ela jogou a cabeça para trás.

— Ah, por favor — murmurou. — Não...

Dawn se virou de lado, segurando a cabeça.

O gerente olhou para mim e para Rachel.

— Meninas, vocês têm alguma ideia do que aconteceu?

Do jeito que ele falou, parecia uma acusação. Neguei com a cabeça.

— Dawn! — Tentei de novo. — Acorda!

Os olhos de Dawn se abriram, fecharam e aí se abriram de vez.

De repente, ela sacudiu a cabeça.

— Socorro! Socorro! — gritou e se encolheu, se afastando da gente.

— Dawn — falei —, sou eu. Lizzy!

Dawn me encarou como se eu fosse de Marte. Depois lentamente prestou atenção nos outros, como se estivesse vendo todo mundo pela primeira vez.

— Ninguém vai te machucar — garanti a ela. Por que eu não acreditava nas minhas próprias palavras?

Me veio à cabeça uma nova ideia do que tinha acontecido com ela — uma que fez meu coração martelar.

O que Dawn disse em seguida não me acalmou em nada.

— Assassino — murmurou. — O assassino.

Olhei pro gerente.

— Chama a polícia! — exclamei. — E uma ambulância.

O gerente estalou os dedos para o lanterninha, que saiu correndo. Dawn estendeu a mão e segurou meu braço.

— Não, não, não. Estou bem — insistiu.

Ela tentou se levantar. O gerente ajudou. Sua saia de couro tinha subido até a metade das pernas bronzeadas e longas. Eu a ajeitei.

Dawn colocou a mão na lateral da cabeça.

— Nossa — falou —, isso dói... de verdade... — Antes que conseguisse terminar a frase, ela começou a chorar.

O gerente lhe deu um lenço e Dawn assoou o nariz, fazendo barulho.

— Eu estava voltando do banheiro — começou, lentamente. — Tinha acabado de entrar no cinema. Não dava para enxergar direito porque estava escuro demais, mas achei que tinha visto um cara vindo na minha direção. E aí ele bateu em mim... com força.

— Alguém saiu por aqui? — perguntei ao gerente. Ele negou com a cabeça. — Então — falei, levantando depressa —, quem a atacou ainda deve estar no cinema.

O gerente balançou a cabeça. Ele transpirava e estava obviamente muito nervoso.

— Tem duas portas de saída dentro da sala — informou.

O lanterninha correu na nossa direção.

— A polícia está a caminho — anunciou ele.

— Ótimo — disse o gerente.

— Eu não tenho nada a dizer a eles — falou Dawn timidamente. — Não vi quem era. Por que vocês não pedem pra deixarem isso pra lá?

O gerente negou com a cabeça.

Ajudamos Dawn a se levantar. Ela estava meio trêmula, parecia tonta e terrivelmente assustada.

E não estava muito melhor quando dois policiais chegaram às pressas para interrogá-la, os rádios comunicadores estalavam com relatos assustadores de um assalto e um incêndio.

Dawn repetiu a história. O gerente ficou interrompendo com comentários de que ele e a equipe tinham feito tudo o que podiam e que não era culpa dele. A polícia nos garantiu que devia ser só um idiota qualquer, e não um assassino.

— Por que ele bateria em mim? — perguntou Dawn.

— Por motivo nenhum — respondeu um dos policiais. — Existem muitos maníacos neste mundo. Eles não precisam de motivos. O cara provavelmente te viu, notou que estava escuro e te agrediu. Só para se divertir.

Um dos policiais se ofereceu para levar Dawn para casa, mas ela disse que ia embora com a gente.

— Tudo bem — disse ele. — Então vou ficar por aqui até o filme terminar e ver o que consigo descobrir.

O gerente passou a manga da jaqueta na testa e disse:

— Gostaria muito de dar a vocês ingressos para outra sessão. Venham quando preferirem. A hora que quiserem.

Rachel e eu nos entreolhamos.

— Obrigada — falei, aceitando os ingressos, mas de algum modo não achava que teria vontade de voltar tão cedo. Depois, nós ajudamos Dawn a andar pelo saguão até chegar no meu carro.

Estava frio lá fora, e escuro — escuro demais para 19h30. Eu não via nenhuma estrela. O vento batia forte contra a gente, como se tentasse nos empurrar de volta para dentro do cinema. Ia cair uma tempestade. Torci para que desse tempo de a gente chegar em casa.

Sentando ao volante, olhei para Dawn, que estava com a cabeça encostada no vidro do carona. Sob a luz de um poste, vi o galo começar a se formar na lateral da cabeça.

O que está acontecendo?, me perguntei, ligando o motor e partindo para a casa de Dawn.

Será que foi só um maníaco que bateu nela? Ou a pessoa queria ferir Dawn de propósito?

Quando cheguei em casa, meus pais tinham deixado a luz da varanda acesa, assim como a da sala de estar, da cozinha e da garagem.

Minha mãe veio correndo da cozinha quando me ouviu entrar pela porta.

— Chegou cedo — disse ela com um largo sorriso.

Meus pais são muito preocupados com segurança. Moramos perto do rio. É só a melhor parte da cidade. Muito segura. Quando vamos todos dormir, meu pai ativa o alarme antirroubo e não podemos descer sem desativá-lo.

Nunca tivemos problemas. A única vez que disparou foi quando meu pai se levantou no meio da noite e esqueceu. Nós o encontramos na cozinha, segurando um copo de leite, com uma expressão perplexa, enquanto a sirene berrava.

Eu sabia que os assassinatos das adolescentes eram tão perturbadores para os meus pais quanto para mim. Provavelmente ainda mais. Sem dúvida, minha mãe nunca tinha ficado tão empolgada porque eu cheguei cedo do cinema!

— Tem correspondência pra você — avisou ela.

Olhei a pilha de cartas na mesa do hall. Por cima, tinha um envelope branco e comprido com uma letra conhecida.

— Kevin — falei com um sorriso.

Esperei até estar em meu quarto no segundo andar para ler a carta. O pai ainda não tinha dado permissão para ele vir ao baile. A mãe tinha sofrido um pequeno acidente de carro e estava usando um colar cervical. Kevin tinha feito um monte de novos amigos. (Isso não me deixou feliz.) E ainda me amava desesperadamente. (Isso me deixou muito feliz.)

Eu ia escrever uma resposta na hora, mas precisava terminar o dever de casa primeiro.

Acabou sendo mais complicado do que eu pensava. Depois de dez minutos, meu livro de história dos Estados Unidos ainda estava aberto exatamente na mesma página que eu tinha começado.

Eu tentava ler sobre Lincoln sendo baleado, mas sempre que lia a primeira frase, pensava em Dawn sendo atingida na cabeça. Ou em Simone e as coisas horríveis que devem ter feito com ela. Ou na menina que encontraram morta no bosque.

Um relâmpago cortou o céu do lado de fora. O trovão se seguiu quase instantaneamente. Foi o estalo de trovão mais alto que já ouvi na vida. Levantei e olhei pela janela. Era difícil acreditar que tudo ainda estava de pé. Tinha parecido uma bomba nuclear.

O relâmpago piscou de novo. Ouvi um leve tamborilar, como se mil ratos estivessem correndo pelo teto. Depois vi as primeiras gotas grandes de chuva.

Crack! Uma cortina de chuva bateu na minha janela. Dei um salto para trás.

Calma, Lizzy, eu disse a mim mesma. *Respira fundo.*

Respirei fundo algumas vezes. Isso só pareceu me deixar mais tensa.

Logo a tempestade estava feroz lá fora. Agora, camadas de chuva escorriam violentamente pela minha janela. O vento uivava como uma fera exigindo entrar em meu quarto.

Fui para a cama e me cobri. O edredom era cor-de-rosa e fofo. Estava comigo há anos. Mas não parecia muito reconfortante naquele momento.

Saí da cama e fui me sentar à mesa. Peguei uma folha de papel de carta que meu pai tinha mandado imprimir para mim. No topo, dizia "Da mesa da incrível Lizzy", com uma imagem de um porco brincando. O porco é meu animal preferido. Não me pergunte por quê. Tenho toda uma coleção de bonecos e brinquedos de porco.

Querido Kevin, comecei. *Não sei se isto apareceu nos jornais aí do Alabama, mas tem uma coisa horrível acontecendo aqui em Shadyside.*

Amassei o papel e joguei fora. Eu não queria começar direto pelas más notícias. Por que não escrevia simplesmente, *Querido Kevin, Simone morreu.*?

Estremeci e cobri o rosto com as mãos.

Quando baixei as mãos, notei que a porta do meu quarto estava escancarada.

Respirei fundo.

Era meu pai. Ele me olhava, surpreso.

— Não me ouviu bater? — perguntou, por fim.

— N-não — gaguejei. — A chuva.

— Ah. Desculpe. Não quis te assustar. — Ele mesmo parecia muito assustado. — Só queria ver se estava acordada para uma partida de xadrez.

Meu pai adora xadrez. Ele não se cansa do jogo, embora eu sempre o derrote.

— Desculpe, ainda tenho dever de casa para fazer.

Ele assentiu e abriu um sorriso caloroso.

— Está tudo bem? — perguntou, fingindo tranquilidade.

Mas eu sabia que ele estava preocupado, assim como a mamãe.

— Sim. Acho que sim — respondi.

— Os pais de Simone não...

— Não tiveram notícia nenhuma — falei.

Ele suspirou.

— Isso é terrível.

Assenti.

— Lizzy?

— Vou tomar muito cuidado — disse a ele.

Ele suspirou de novo.

— Se mudar de ideia sobre o xadrez... — Sua voz falhou enquanto ele saía.

Examinei meu rosto no espelho da porta do armário. Não admira que estivesse tão preocupado. Eu estava péssima: olheiras escuras, a cara branca feito massa de pão. O desaparecimento de Simone foi muito perturbador. Agora o ataque a Dawn.

Meu telefone tocou.

Eu quase morri de susto. Foi o som mais alto que já ouvi na vida. Como se gritasse no meu ouvido.

Quando atendi, só o que ouvi foi um choro.

— Quem é? — eu dizia sem parar.

— Liz-zy — uma voz feminina chorava.

— Rachel? Rachel?

— S-s-sim...

— Rach... qual é o problema?

Ela estava chorando demais para conseguir falar. Depois disse, aos soluços:

— Você *precisa* vir aqui! Tem que me *ajudar*!
— Rachel... o que *foi*? — gritei.
— Me ajuda, Lizzy... *por favor*! — implorou ela.
Então a linha ficou muda.

Capítulo 9

A chuva caía com tanta força e velocidade, que os limpadores do para-brisa eram totalmente inúteis. Enquanto eu acelerava para a casa de Rachel na rua do Medo, via o mundo do lado de fora do carro como um borrão escuro.

A rua do Medo.

Eu estava dirigindo para a rua do Medo à noite, na pior tempestade que já tinha visto na vida.

Mas não tinha escolha.

Rachel estava com problemas. Talvez corresse sério perigo.

Precisava chegar lá o mais rápido possível.

Eu mal conseguia enxergar a faixa branca na lateral da rua à minha frente. A chuva ainda desabava, mas mantive o pé firme no acelerador.

Imagens começaram a se formar na minha mente. Imagens apavorantes.

Vi Simone, sozinha em casa, sozinha no quarto. O assassino entra. Ele tem uma faca e luta contra ela. Empurra Simone contra a estante.

Vi tudo isso com tanta nitidez na minha cabeça. Vi a faca sendo enterrada. Vi que ela se abaixou. Vi os livros caindo no chão. Vi o assassino atacar de novo. Vi que ele não parava de esfaquear Simone, o sangue jorrando no carpete.

Balancei a cabeça para tirar a visão apavorante da mente, mas os pensamentos assustadores não foram embora.

Por que não contei aos meus pais aonde estava indo?

Quando o telefone ficou mudo e a ligação com Rachel caiu, eu nem pensei. Não pedi permissão. Simplesmente saí correndo de casa.

Com apenas um casaquinho azul cobrindo a cabeça, saí em disparada pela porta da frente. Fiquei ensopada de correr da casa à entrada dos carros. Agora, até os meus ossos estavam gelados.

O cemitério da rua do Medo de repente surgiu à minha direita, embaçado e distorcido pela chuva. As fileiras de lápides brancas e tortas pareciam se inclinar para mim enquanto eu reduzia a velocidade do carro perto da casa de Rachel.

Vi um raio cair no meio de uma fila de túmulos. O trovão ribombou quase no mesmo instante. *Este é o tipo de temporal que pode acordar os mortos*, pensei, tremendo.

Me curvei para a frente no banco do carro, com minha cara quase espremida no para-brisa. Tentei enxergar através da chuva enquanto o vento empurrava o veículo para as lápides tortas.

Respirei fundo quando vi uma sombra correr para a rua.

Enfiei o pé no freio.

Mas não a tempo. Senti um solavanco no carro. Passei por algo, como que por uma lombada. Tinha alguma coisa embaixo dos pneus.

Minha garganta se apertou de medo.

— Não! — gritei. — Não!

Aquela lombada. Aquele volume apavorante.

Eu sabia que tinha acabado de atropelar alguém.

Capítulo 10

De olhos bem fechados, reduzi e parei. Respirando alto, abri a porta e saí cambaleando na chuva.

Quem foi?

Quem eu atropelei?

Um relâmpago iluminou a rua e a tornou mais clara do que a luz do dia por uma fração de segundo. Vários metros atrás do carro, alguém estava prostrado no meio da rua.

Parti correndo para a pessoa, a chuva fria batendo na minha cabeça.

À medida que me aproximava, vi que a figura era pequena.

Uma criança?

— Ah, por favor... por favor, não! — gritei na chuva.

Meu cabelo estava colado na cabeça, como um capacete bem encaixado. O casaco azul se grudava em mim, e a calça jeans estava ensopada.

— Não! Por favor... não!

E então eu estava parada junto ao corpo.

Era um guaxinim. Um guaxinim morto.

O meio da barriga do guaxinim era uma massa de carne crua.

Os olhos escuros do animal estavam abertos e me encaravam.

Uma onda de náusea tomou conta de mim.

Virei a cara.

Ainda bem que fiz isso.

Porque levantei a cabeça bem a tempo de ver um carro virando a esquina, rugindo na minha direção.

Gritei e tropecei para trás no meio-fio.

O carro passou roncando. Acho que o motorista nem me viu.

Meio tonta, eu me levantei. Evitando olhar para o guaxinim morto, saí correndo pela chuva forte em direção ao carro.

De algum modo, dirigindo quase às cegas, consegui parar na entrada da casa de Rachel.

Não havia sinal de problemas do lado de fora. As luzes estavam acesas na parte de dentro. Atravessei a calçada correndo e bati na porta da frente.

Ouvi passos se aproximando. A luz da varanda se acendeu e a sra. West me olhou pelas cortinas finas e brancas. Ficou boquiaberta quando me viu. Eu devia parecer uma assombração.

— Lizzy! — exclamou ela, abrindo a porta. — Você está bem?

— Cadê a Rachel? — disparei.

— Rachel? Lá em cima, no quarto dela. O que você está...

Não a esperei terminar. Subi a escada de dois em dois degraus.

Estava escuro no segundo andar, tão escuro quanto na casa de Simone naquela noite horrenda.

Olhei a porta fechada do quarto de Rachel, a faixa estreita de luz que brilhava por baixo. Não queria imaginar o que veria ali dentro.

Não queria entrar.

Mas precisava.

Respirando fundo, segurei a maçaneta... e empurrei a porta.

Capítulo 11

— Rachel! — gritei.

Ela estava sentada na cama.

Na luz amarelo-clara de sua luminária de cabeceira, eu via que seus olhos estavam vermelhos e inchados, o nariz escorria. Chumaços de lenços de papel cor-de-rosa a cercavam, e Rachel segurava um lenço limpo. A boca se abriu quando entrei às pressas.

— Você está bem? — perguntei.

— Não — respondeu Rachel em voz baixa. — Não estou. — Ela assoou alto o nariz, como que para provar o argumento.

— Atacaram você? — falei.

— Me atacaram? — Rachel ficou pasma. — O quê?

Eu não conseguia recuperar o fôlego. Estava ofegando alto. Era difícil falar.

— Você me ligou... parecia tão agitada... Depois a linha... ficou muda. Pensei... eu pensei *no pior*!

— Bom, você tinha razão. Aconteceu, sim, o pior.
— O quê?
— Gideon... — Ela voltou a chorar. — Ele terminou comigo.

Olhei para ela, atordoada.

— Você me chamou aqui no meio dessa tempestade por causa *disso*?

Rachel parecia magoada.

— Eu precisava conversar com alguém. Tentei te contar... sobre o Gideon, mas acho que a linha caiu por causa do temporal.

Ela pegou o telefone e botou no ouvido.

— Ainda está mudo. — Carrancuda, ela o jogou de volta ao gancho.

Virei e vi a sra. West na soleira da porta.

— Rachel? Lizzy? Mas que diabos está acontecendo?
— Está tudo bem — dissemos as duas ao mesmo tempo.

Houve uma pausa, depois a sra. West falou:

— Se precisarem de mim, estarei lá embaixo.

Rachel fungou.

— Você está pingando no meu quarto todo.
— Bom, que tal me dar uma toalha?

Ela foi ao banheiro e voltou com uma toalha, que jogou para mim.

— E que tal me agradecer por tentar salvar sua vida? — perguntei.

— Obrigada — murmurou ela. Rachel evitou minha encarada, os olhos transbordando com novas lágrimas. — Como ele pôde fazer isso comigo?

Meu coração não martelava mais no peito. Sentia raiva de Rachel — mas também estava muito aliviada. Enxuguei o cabelo rapidamente.

— O que aconteceu?

Nenhuma resposta. Quando retirei a toalha, vi que seu rosto estava contorcido de choro. Ela chorava daquele jeito tão doloroso em que a gente fica em silêncio.

— Rachel — falei delicadamente. — Não é tão ruim assim. Eu garanto.

A garota se virou e enterrou a cabeça embaixo de uma almofada de gorila que a mãe tinha costurado quando ela era criança. Seus soluços saíam em explosões sofridas. Sentei na cama e coloquei a mão fria em seu ombro.

— Rach — falei. — Vamos lá. O que aconteceu?

— Ele me trocou pela Elana — disse, a voz abafada pelo cobertor.

— Ele *o quê*?

— Você ouviu certo.

— Não acredito nisso — falei.

Rachel e Gideon estavam juntos desde que eu me entendia por gente. Se alguma relação parecia firme, era a deles.

— Como foi que isso aconteceu?

— Não sei! — gemeu. — Eles estavam trabalhando juntos num projeto de estudos sociais e... — Rachel não precisou descrever o resto. — Elana — disse com amargura, erguendo a voz. — Ela acha que pode ter o que quiser. Mas não pode...

Rachel estava chorando de novo, desta vez ainda mais alto. Socava a almofada de gorila com os dois punhos.

— Calma, calma — falei com delicadeza.

Mantive a mão em seu ombro, mas ela estava começando a tremer de verdade. Eu não conseguia acalmá-la. Tudo o que eu dizia só parecia piorar as coisas. Devia ter ficado de boca fechada e só deixado que chorasse. Mas em vez disso, disse:

— Olha, eu sei um bom jeito de se vingar: derrotá-la como rainha do baile.

Rachel ficou de joelhos e se afastou de mim.

— Até parece! — exclamou ela. — Gideon era a única coisa boa na minha vida idiota e podre. Quem liga para ser rainha do baile? Eu nem mesmo tenho um *par* pro baile!

— Eu também não.

De repente, eu mesma tive vontade de chorar. Estava me lembrando do dia em que Kevin soube que ia se mudar para o Alabama. Naquele dia, Rachel se sentou na *minha* cama enquanto eu chorava.

Tentei pensar em algo reconfortante para dizer.

— Eu vou ser seu par — disse a ela.

— Incrível.

Rachel finalmente se recompôs um pouco e pediu desculpas por me fazer sair naquela tempestade. Eu disse que ia ligar de manhã e voltei para o carro.

O temporal ainda estava feroz quando fui para casa, mas pelo menos agora eu não estava mais apavorada, sabendo que Rachel estava bem. Ela estava com o coração partido, mas, comparado com o que eu achava que tinha acontecido, um coração partido era o de menos.

Corri para dentro de casa, tirei o casaco encharcado e procurei um lugar para pendurá-lo. Meu pai me chamou.

Eita, pensei. *Lá vem um sermão daqueles.*

Eu tinha saído às pressas à noite e levado o carro sem avisar ninguém.

Ele me chamou no escritório. Entrei com relutância, sabendo que estava bem encrencada.

Mas, para minha surpresa, meu pai estava sentado à sua mesa com um sorriso de orelha a orelha. Estava com o velho roupão vermelho, seu preferido, aquele todo coberto de âncoras. Na frente dele, o monitor do computador estava ligado e cheio de números. Ele é contador e está sempre muito ocupado.

— Você soube? — perguntou ele assim que entrei no cômodo. — Prenderam o sujeito que matou aquelas meninas.

Capítulo 12

Eu devia ter ficado superfeliz, mas senti meu coração acelerar de novo. Quase tive medo de perguntar quem era. A imagem na minha cabeça era de um garoto de cabelo castanho e olhos próximos demais: Lucas.

— Apareceu no noticiário — disse meu pai. — Foi um cara que fugiu da penitenciária estadual.

Soltei a respiração longa e lentamente.

— E Simone? Disseram alguma coisa sobre ela?

A expressão de satisfação do meu pai sumiu. Ele negou com a cabeça.

— Nenhuma palavra sobre ela.

Sentei na banqueta de couro preto.

— Pelo menos agora podemos relaxar um pouco. Pegaram o sujeito.

— Obrigada por me contar — falei.

Fui à cozinha e abri a geladeira. Queria fazer um lanche, então abri a gaveta de legumes. Não que eu quisesse legumes, mas era onde minha mãe escondia o chocolate do meu pai, que estava ficando barrigudo.

Desencavei uma barra de Crunch, da Nestlé, enchi um copo grande de leite desnatado e me sentei à mesa amarela. Eu sei que é ridículo beber leite desnatado quando a gente está se empanturrando de chocolate, mas pensei: por que não cortar calorias como puder? De qualquer forma, chocolate sempre me ajudava a relaxar. Li artigos que diziam que é viciante e que deixa as pessoas se sentindo amadas. Acredito nisso.

Dando uma grande mordida, liguei a TV da cozinha.

O noticiário das 22h estava no ar, quase no fim da previsão do tempo.

— Assim, para concluir, chuva, chuva e mais chuva — disse o sorridente homem do tempo.

O âncora sorriu e se virou para a câmera.

— Obrigado, Tony. Podemos não ter um dia seco amanhã, mas pelo menos nos sentiremos muito mais seguros. Repetindo nossa principal matéria, um homem que se acredita ser o assassino de Shadyside foi capturado.

Cheguei para a frente na cadeira enquanto mostravam uma gravação do assassino sendo levado para a delegacia de Shadyside.

A maioria das pessoas cobre o rosto quando é presa e aparece na televisão, mas não esse maníaco.

Ele olhava diretamente para a câmera. E sorria. Faltavam vários dentes; seu sorriso era escuro e podre. O cara era baixo, magro, mas de braços musculosos e tatuados — braços que foram fortes demais para Tina, Stacy e Simone.

— Por que fez isso? — gritou um repórter, esticando-se pela multidão e apontando o microfone para o assassino.

A polícia tentava conduzi-lo para dentro e seu advogado gritava:

— Sem perguntas!

Mas o assassino parou e abriu aquele sorriso podre dele.

— Fiz o quê? — perguntou com uma inocência exagerada.

— Assassino! Assassino! — gritava uma mulher fora do alcance da câmera.

O assassino entrou na delegacia, ainda sorrindo. Virou-se para dar um último aceno para as câmeras, os olhos pequenos em chamas.

Estendi a mão e desliguei a TV. Me arrependi de ter visto aquilo. Agora, quando eu imaginasse o que tinha acontecido com Simone, conseguiria visualizar a cara do assassino. Aquele sorriso era como se ele tivesse mandado uma mensagem para mim: *Ainda vou te pegar.*

Subi, escovei os dentes, enxuguei o cabelo todo de novo, depois fui para a cama. Apaguei a luz e olhei as estrelas que tinha colado no teto. Em geral, elas me ajudavam a pegar no sono, mas nesta noite não estava dando certo. Nada daria.

Será que meu pai tinha razão? Podíamos todos relaxar um pouco agora? Será que todo esse episódio assustador havia acabado? Com aquelas perguntas rodando na minha cabeça, caí num sono inquieto.

Não dormi muito.

Fui acordada por um barulho, uma batida insistente na porta de casa.

Num instante, me sentei ereta na cama. Olhei o relógio. Era quase meia-noite.

Será que eu só tinha sonhado com o barulho?

Eu sabia que não. Mas esperei na cama mesmo assim, torcendo para estar errada. A batida alta se repetiu. Saí da cama, peguei o roupão e desci a escada.

Minha mãe, também amarrando o roupão, encontrou comigo no patamar. Meu pai estava na frente do painel de controle do alarme antirroubo para podermos descer sem disparar a sirene e acordar o bairro inteiro. Todos trocamos olhares assustados e descemos a escada juntos.

Meu pai abriu a porta.

Do lado de fora, na chuva, estava um policial com uma expressão séria. Ele olhou para mim, atrás do meu pai.

— Elizabeth McVay? — perguntou ele.

— Sou eu — falei em voz baixa.

— Você esteve na casa de Rachel West esta noite?

Meus pais se viraram para mim.

— Sim — respondi.

— Bom — disse o policial —, infelizmente precisamos conversar. Você foi a última pessoa a vê-la com vida.

Capítulo 13

— O rosário de Maria — falei. Confirmei na minha prancheta. — O apito do capitão. OK.

Eu estava na sala de adereços, garantindo que tudo estivesse ali para o ensaio daquela noite. O pior era tentar me concentrar no que estava fazendo.

Era noite de quinta-feira. Uma semana tinha se passado desde o assassinato de Rachel. Uma semana que passei em completo estupor. Eu só tentava dar um passo de cada vez.

Logo depois de sair da casa de Rachel naquela noite chuvosa de quarta-feira, a família dela saiu também. O pai tinha insistido em levar todos os West para tomar sorvete, pouco importava a chuva ou que fossem 21h45.

Mas Rachel estava tão abalada por causa de Gideon que se recusou a ir.

O sr. West pediu com delicadeza, depois implorou, suplicou e até ordenou. Ele não é o cara mais compreensivo do mundo.

Rachel conseguia ser teimosa como o pai. De jeito nenhum ia sair para tomar sorvete quando o namorado tinha acabado de dar um fora nela.

— Prefiro morrer do que sair! — gritou com o pai.

É claro que o sr. West jamais se esqueceria daquelas palavras. E provavelmente não vai se perdoar nunca por ter deixado Rachel sozinha em casa.

Mas ele achava que o assassino tinha sido preso. Todos nós vimos seu rosto estranho e sorridente na TV.

Então a família de Rachel saiu para tomar sorvete sem ela.

Quando chegaram em casa, Rachel estava lá.

Voltada para baixo, no chão do quarto.

Morta a facadas.

— O cesto de piquenique — falei em voz alta. — OK.

Baixei a cabeça. Agora eu estava me lembrando do funeral de Rachel. Pensei que a escola toda estaria lá, mas não apareceram muitos alunos. Gideon foi. Aposto que se sentia muito mal. Afinal, deu a ela um belo presente de despedida, trocando-a por Elana.

Rachel foi enterrada na parte nova do cemitério da rua do Medo. Voltou a chover durante o funeral.

Tentei me concentrar na peça. Antes, eu adorava ficar na sala de adereços. Na nossa escola, essa sala fica bem no alto, por isso chamam de área acima do palco. Fica escondida em um canto na extremidade da passarela que o cruza. É tão pequena que parece uma sala secreta de sótão. É cheia de todo tipo de bugiganga. Tem caixas de papelão cheias de espadas, plumas, telefones antigos, bengalas, todo tipo de louça, sinos, apitos, até uma arma com uma bandeira dentro dizendo BANG! quando é disparada.

Naquele momento a salinha apertada me pareceu muito assustadora. Quem ouviria se alguma coisa acontecesse comigo ali em cima? Ninguém.

Aí notei algo peculiar.

A porta de um armário pequeno estava entreaberta.

Eu sabia que o tinha fechado depois do último ensaio. Sabia porque fecho todos os armários até ouvir o estalo da fechadura. É um hábito bobo que tenho. Gosto das coisas arrumadas. Não suporto uma gaveta meio aberta ou uma porta de armário mal fechada.

Me aproximei lentamente do armário. A única coisa que conseguia ouvir era meu coração batendo.

Devagar, abri a porta.

Uma caixa de máscaras de papel machê caiu e quase me atingiu bem na cabeça.

Não tinha ninguém no armário. Ajoelhei e resmunguei comigo mesma enquanto verificava as máscaras. Por sorte, não tinha quebrado nenhuma.

E foi aí que uma voz masculina disse às minhas costas:

— Oi, Lizzy.

Levantei depressa. Era Robbie. Ele apontava uma arma para minha cabeça.

— Você está morta — disse.

Ele apertou o gatilho. A bandeira dentro da arma disparou. BANG!, dizia.

— Muito engraçado — falei. — Você... quase me matou de susto. Aí a piada teria sido você.

Tentei não deixar que ele visse como eu estava ofegante, mas Robbie estava me olhando de um jeito estranho.

— Então — falei devagar —, o que você quer?

Ele continuou me analisando por um tempo. Depois disse:

— Ah, sim. — E pegou uma das folhas de papel amarelo em que fazia anotações em todo ensaio. — Me esqueci de te dar isso aqui na outra noite. Os painéis da abadia ficaram escuros demais nas luzes. Pode clarear?

— Claro.

Então, uma voz feminina disse:

— Cabe mais uma pessoa aí?

Era Dawn, o cabelo comprido e loiro metido na touca de freira. Ela era a única que estava usando figurino naquela noite.

— Maria, você não deveria estar se preparando para entrar no palco? — perguntou Robbie.

— É. Vou voltar em um segundo. Só precisava ver alguns adereços meus com a Lizzy. Não vou me atrasar, prometo.

Robbie riscou a anotação que tinha me dado e contornou Dawn.

— Seja rápida — disse ele depois de passar, enquanto atravessava a passarela em direção à escada que descia para o palco.

Dawn e eu nos olhamos. Alguma coisa em sua expressão me assustou.

— Que foi? — perguntei.

— Isso foi um erro enorme — disse ela.

— O que foi um erro enorme?

— Eu nunca devia ter concordado em assumir o papel de Simone na peça. Nunca.

— Por quê?

— Porque está me deixando apavorada, é por isso. Usar o figurino de uma garota morta. Por que não uso logo uma placa gigante dizendo "Sou a próxima!"?

Tive vontade de rir, mas me contive.

— Estou com medo também — disse a ela.

Dawn me encarou, séria, como se tentasse enxergar através de mim.

— Está pensando a mesma coisa que eu? — perguntou.

Isso me fez tremer. Nos últimos dias, uma ideia terrível tinha se formado na minha cabeça. Aparentemente, ocorreu a Dawn também.

— Do que você está falando? — falei, fingindo não saber o que ela queria dizer.

— Primeiro Simone, depois Rachel. E aquele cara que me atacou no cinema.

— É? E daí?

Dawn ainda me encarava daquele jeito estranho, como se compartilhássemos um segredo horrível.

— Bom, você acha que alguém decidiu matar as rainhas do baile?

— As rainhas do baile? — Minha voz falhou quando eu disse isso. — Não acredito. Por que...

— Acha que é só uma coincidência? — insistiu Dawn, incrédula.

— Claro. Pode ser.

— Não pode ser!

— Maria! — Era Robbie, da plateia. — Em seus lugares, por favor.

— Só um segundo! — Dawn gritou para baixo.

— Mas apanharam o cara que... — comecei.

— Claro — continuou Dawn, baixando o tom. — Mas ele já estava preso quando Rachel foi morta. E ele não confessou que tinha matado Simone. Se liga, Lizzy, tá muito óbvio. Tem outra pessoa atrás da gente. E eu realmente quero dizer *a gente*.

O olho esquerdo de Dawn teve um tique. Percebi que ela sentia tanto medo quanto eu.

Dei um pigarro.

— Só sobraram três. Eu, você e Elana.

— E o que a gente vai fazer? — perguntou Dawn, a voz agora tremendo.

Balancei a cabeça. Eu não tinha ideia.

— Olha, é melhor você descer — falei.

O que eu queria dizer era que *eu mesma* queria descer.

Ela me ignorou.

— Sabe o que é mais assustador nisso tudo?

— Mais assustador do que um lunático matando a gente uma por uma?

— Aham. A coisa mais assustadora de todas é que provavelmente é alguém que todas nós conhecemos.

— Bom, com certeza você mudou de ideia — falei. — Você disse que eu estava viajando quando falei que Lucas...

Congelei só de pensar em Lucas me perseguindo com aqueles olhos escuros e ensandecidos dele.

— Ainda não acho que seja Lucas — disse Dawn. — Quer dizer, tudo bem, mesmo que ele tivesse motivos para odiar Simone, o que ele tinha contra Rachel?

— Não sei.

Depois pensei no jogo do sr. Meade. Talvez fosse o jeito de descobrir o assassino. Me colocar no lugar dele, imaginar o que ele estava pensando.

Devo ter parecido distraída, porque Dawn perguntou:

— No que está pensando?

— Dawn! — gritou Robbie lá de baixo. — Anda!

Se eu fosse o assassino, pensei, *por que mataria as rainhas do baile uma por uma?*

Aí eu me toquei.

— O dinheiro — falei em voz alta.

— O dinheiro? — Dawn revirou os olhos. — Do que você está falando? Que dinheiro?

— A bolsa de estudos de três mil dólares que vai pra vencedora. Talvez algum cara queira garantir que a namorada ganhe, assim ele pode pegar a grana.

Dawn fez uma careta.

— Você mataria quatro meninas por três mil dólares? Tipo, por que ele não rouba logo um banco? Não faz sentido nenhum. Espera! Já sei! Talvez seja alguma garota que não foi indicada e esteja muito ressentida.

— Acho que o dinheiro faz mais sentido do que isso.

— Bom, lembra... Não é uma coincidência.

— DAWWWWWWNNNNNN!!!!! — Veio o grito lá de baixo.

— Preciso ir. — Ela segurou minha mão e apertou. Sua palma estava fria e suada.

— Toma seu rosário, Maria — falei.

Ela apertou as contas.

— Vou precisar dele — disse ela. — Vou precisar rezar muito.

Dawn saiu às pressas. Eu a segui para a passarela. Enquanto ela descia a escada, fiquei no local e olhei a plateia escura e a área acesa do palco.

Lá estava Robbie. Ele fazia um pequeno discurso ao elenco.

— Este espetáculo será ótimo — dizia. — Exatamente o que precisamos para começar em grande estilo o fim de semana do baile. Mas todos nós temos que trabalhar duro. Lembrem-se, são só oito dias até a noite da estreia. Muito bem! Em seus lugares!

Olhei mais adiante na plateia. Quem eu estava procurando? Justin? Ele costumava vir para ver Simone, lembrei a mim mesma.

E então o vi. Bem para a direita. E ele olhava fixamente para mim.

Lucas. Nossos olhos se encontraram. Ele sorriu para mim. Mandou um beijo.

Virei a cara. *O garoto é um psicopata*, eu disse a mim mesma.

Pensar nisso me deu calafrios. Me lembrei de quando encontrei com ele na frente da casa de Simone. Lucas era tão macabro que nem precisava de motivo. Ele poderia assediar as rainhas do baile só para se divertir.

Uma vez vi um filme na TV em que um cara que não era popular no colégio decidiu matar todas as líderes de torcida, uma por uma, porque a capitã da equipe não quis sair com ele. Depois que vi esse filme, fiquei sem dormir por uma semana.

O que Lucas estava pensando? Não... eu não queria fazer o jogo do sr. Meade com Lucas Brown. Era assustador demais.

Tentei não olhar na direção dele, mas, depois de um momento, não consegui segurar. Olhei novamente.

Ele tinha sumido.

Dawn cantava um solo, soltava a voz de verdade enquanto dançava no palco.

— Espera! — Robbie a interrompeu. — Mimi — disse ele à pianista —, um pouco mais rápido, ok? — Ele correu ao palco. — Dawn, desculpa interromper. Você está indo muito bem, mas quero que tente alcançar um senso ainda maior de liberdade, pode ser?

A garota sorriu para ele, torceu o nariz e disse:

— Claro.

Robbie passou o braço por ela e se virou para o resto do elenco:

— Dá para acreditar como Dawn está se saindo bem em tão pouco tempo? Que tal uma salva de palmas?

O elenco obedeceu com aplausos e gritos. Estavam acostumados com Robbie bancando o mestre de cerimônias.

Olhei para Dawn. Pensei que assumir o papel de Simone a estivesse deixando apavorada. Então por que ela estava radiante, como se tivesse acabado de vencer o torneio de Wimbledon?

Aí eu pensei numa coisa muito assustadora.

Dawn tinha um motivo óbvio para as mortes!

Ela queria vencer mais que tudo. Era louca pela vitória. Todo mundo sabia disso.

Louca...

E se Dawn arrumou algum cara para matar as outras candidatas?

Mas e a conversa que a gente acabou de ter? Ela parecia assustada de verdade.

Eu também estaria assustada se fosse responsável por dois assassinatos... e com outros dois por vir.

Mas e Elana?

De jeito nenhum, respondi rapidamente. Eu não conseguia ver Dawn fazendo isso.

Nem acreditava que eu estava agindo assim. Suspeitando que minhas próprias amigas tivessem matado alguém.

De repente, outro nome pipocou na minha cabeça. Este me surpreendeu.

Gideon!

Naquele dia na pizzaria, Gideon tinha falado no dinheiro do prêmio. Até sugeriu que a gente largasse a competição. E Rachel tinha dito que ele não ia levar nada. Talvez ele tenha decidido que estava na hora de fazer uma troca...

Minha cabeça estava girando. Lá embaixo, o ensaio havia recomeçado. Dawn contava à madre superiora sobre sua confusão a respeito do capitão Von Trapp. Eu tinha que descer rápido a escada e chegar aos bastidores para baixar o próximo cenário. Estava torcendo para conseguir chegar a tempo. Chega de devaneios.

Com cuidado, desatei a corda à minha esquerda. Fiz isso pouco antes da minha deixa e a soltei.

— Ah, não! — exclamei quando percebi que outras partes do cenário estavam descendo.

Um saco de areia grande e pesado estava despencando no chão.

Depois ouvi um grito do palco.

Era o grito de Dawn.

O saco de areia caiu com um baque nauseante.

Capítulo 14

— **D**awn! — gritei, num tom apavorado que não reconheci.

Os alunos no palco também estavam gritando.

Quando cheguei lá, havia uma roda tão fechada em volta dela que não conseguia vê-la.

— Dawn! Dawn! — chamei, desesperada para saber se ela estava machucada.

Então vi seu hábito de freira. Ela estava se levantando. Estava bem.

Abri caminho pelo aglomerado de gente até ela. Vi o saco de areia pesado a seus pés.

Dawn chorava.

— Foi por pouco — dizia ela. — Foi por muito pouco.

Eu a abracei.

— Lizzy! — Robbie estava furioso. — O que aconteceu?

— Não sei, de verdade. — Olhei a galeria de cenários no alto. — Quando puxei a corda...

Virei para Dawn. Através das lágrimas, ela me encarava de um jeito acusador.

— Olha, não fui eu! — exclamei, magoada por ela ter suspeitado de mim. — Dawn... não me olha desse jeito.

— Tem alguém tentando me matar — disse ela num tom sombrio, engasgando com as palavras. — E esta é a segunda vez que tentam.

— Como é que é?! — exclamou Robbie com uma expressão incrédula. Ele se virou para o restante do elenco. — Muito bem, todo mundo, vamos tirar cinco minutos. Vamos lá. A gente precisa de espaço.

Robbie passou o braço pelos ombros de Dawn e a levou de volta ao camarim. Fui atrás. Ela se jogou numa cadeira de frente para os espelhos grandes.

— Então, que história é essa? — perguntou Robbie. — Quem está tentando te matar?

Mas mesmo enquanto ele falava, eu ficava me perguntando: *O que Robbie realmente está pensando?*

Robbie odiava Simone. Mas por que mataria Rachel? Ou sua nova protagonista, Dawn?

Para com isso, Lizzy. Para com isso agora, avisei a mim mesma. *Você não pode suspeitar de todo mundo.*

— Se a gente soubesse quem está tentando nos matar — disse Dawn com irritação —, não acha que a gente contaria pra polícia?

Robbie suspirou. Pegou uma esponja de maquiagem, olhou, depois largou de volta na mesa. Então, se virou para mim.

Pelos espelhos, vi que eu parecia tão assustada quanto Dawn.

— Agora, que teoria de conspiração absurda é essa em que vocês entraram? — perguntou ele.

— Simone e Rachel foram assassinadas — falei. — Ou se esqueceu disso?

— O que isso tem a ver com vocês duas? — retrucou, empurrando os óculos pelo nariz. — Sei que têm sido tempos assustadores, mas ninguém vai matar vocês. Obviamente tem outro psicopata por aí que se inspirou no primeiro. É totalmente aleatório.

— E aquele saco de areia? — questionou Dawn.

— O saco de areia? Foi um acidente.

Não gostei do tom de Robbie. Me deixou desconfiada de novo.

— Vamos lá, gente — disse ele. — Não posso ser babá de vocês pra sempre. Temos um espetáculo para ensaiar. Agora, vamos.

— Robbie — falei. — Alguém acabou de tentar matar Dawn. Gostaria de ver como você reagiria se isso...

— Lizzy, presta atenção — interrompeu Robbie, com a voz subindo uma oitava. — Foi um acidente. Entendeu?

— Olha aqui! — falei, surpresa de como minha própria voz soava estranha e trêmula. — Por que você está sendo tão teimoso? Dawn tem razão. Isso não pode ser uma coincidência. Alguém *está* tentando pegar ela. Tá legal? E quem quer que seja, está por aí querendo me pegar também. Talvez seja *você*!

Com essa, Robbie jogou as mãos para o alto e partiu rumo à saída.

— Robbie! — gritei. — Duas das rainhas do baile já foram mortas. Tá legal?

— Duas do quê? — perguntou ele.

Eu não aguentava mais. De repente, precisava sair dali. Precisava sair dali rápido. Empurrei Robbie de lado e saí do camarim, os passos pesados.

— Aonde você vai? — gritou ele atrás de mim. — Precisa cuidar das cordas do cenário!

— Outra pessoa pode fazer isso! — respondi aos gritos por cima do ombro.

Corri pelos corredores da plateia, e os membros do elenco me encararam. Mantive a cabeça baixa e continuei. Eu ia cair aos prantos a qualquer segundo. Não queria que acontecesse na frente de todo mundo.

Saí pelas portas duplas. Então disparei. O corredor estava escuro, deserto. As salas de aula estavam todas trancadas.

Empurrei a barra de metal da porta de saída com o quadril e fiquei aliviada ao me ver do lado de fora.

Estava chovendo. Quando é que a chuva ia dar uma trégua? Talvez tudo não parecesse tão assustador se simplesmente parasse de chover.

Corri na chuva até o carro. *Alguém está querendo pegar Dawn*, disse a mim mesma. E isso significa que alguém quer me pegar também. E Elana. Mas quem? Quem?

Botei o cinto de segurança e saí cantando pneu, quase batendo em uma caminhonete que estava passando.

Logo eu estava em disparada pela Division Street, com a mente num turbilhão.

— Ah! — exclamei quando um rosto apareceu no retrovisor.

A mão segurou meu ombro por trás.

Gritei. E perdi o controle do carro.

Capítulo 15

Ainda segurando meu ombro, o cara no banco traseiro ria de um jeito desvairado enquanto o carro saía da pista, descontrolado.

Os pneus derraparam na rua escorregadia da chuva. O carro deslizava para uma barreira de proteção.

Virei o volante no sentido da derrapada e pisei no freio. Foi uma coisa que meu pai um dia me disse para fazer quando me ensinou a dirigir. Como me lembrei disso, jamais vou saber.

Atingi a barreira. Ouvi uma pancada e um arranhão enquanto meu carro derrapava, quicando pela grade. Enfim, consegui colocar o automóvel de volta na rua.

— O que você está tentando fazer, Lucas? — gritei. — Matar a gente?

Ele me soltou e se jogou de volta no banco.

A rua agora tinha se alargado. Vi um acostamento mais à frente. Com cuidado, encostei e estacionei. Eu estava tremendo. Virei e encarei Lucas com ódio mortal. Se um olhar pudesse matar... Eu tentava abrir buracos nele com os olhos.

Ele finalmente parou de rir e sua expressão ficou séria.

— Desculpa — falou. — Eu não queria te deixar com medo. — Lucas riu ainda mais. — Mas você precisa admitir que te dei um baita susto.

Não respondi. Só continuei o fuzilando com os olhos.

— Desculpa, desculpa, desculpa — cantarolou.

— Sai — falei.

— Ai — disse ele —, não fica assim. Foi só uma brincadeira.

— Lucas, você percebeu que eu não estou rindo? — rebati, com raiva.

O garoto franziu a testa e mordeu o lábio.

— Olha... é sério.

Ele se inclinou para a frente e pôs a mão no meu ombro de novo. Eu me afastei com tanta intensidade que bati a cabeça no volante.

— Tire suas mãos sujas de mim!

— Ei — disse Lucas bruscamente —, qual é o seu problema? Parece que eu tenho uma doença ou coisa assim!

Eu nem acreditava. Que absurdo. Ele agia como se estivesse magoado. Como se *eu* quase tivesse matado a gente.

— Sai — repeti em voz baixa.

Lucas franziu a testa ainda mais. Ele passou a mão no rosto várias vezes.

— Olha, isso é loucura. O motivo de eu estar aqui é porque quero pedir desculpas por ser esquisito e...

— Bom, você escolheu um jeito muito ruim de fazer isso.

— Eu sei! Me desculpe — repetiu. — Mas eu sabia que você não ia falar comigo de outra forma.

Lucas me lançava aquele olhar sério e sentimental dele, mas como seus olhos eram muito juntos, a expressão ficava muito assustadora.

— Olha — repetiu —, o que estou tentando dizer é que...
— Ele soltou um risinho nervoso. — Gostaria de conhecer você melhor.

— Sei — falei, revirando os olhos.

— Muito melhor.

— Pode esquecer — estourei.

— Por quê? Lizzy... eu gosto de verdade de você.

Eu tinha ouvido o suficiente — mais do que o suficiente. Me virei no banco, olhei pelo retrovisor e manobrei de volta para a escola. Dirigi rápido.

— Aonde a gente está indo? — perguntou.

— *A gente* não está indo a lugar nenhum. Vou te deixar na escola.

Lucas não respondeu.

O silêncio dele me deixou ainda mais desconfortável.

Pelo espelho, vi que ele lentamente se inclinava para mim.

— Lucas! — gritei. — Estou dirigindo!

Mas seus braços agora envolviam meus ombros.

E aí eu vi.

Os braços em volta dos meus ombros eram de um vermelho escuro e arroxeado.

Ele estava com a jaqueta marrom de beisebol.

Capítulo 16

— Sai! — gritei, me esquivando do abraço dele.

Parei cantando pneu no estacionamento do colégio Shadyside. Agora eu tinha saído na chuva e abria a porta de trás.

— É sério! — gritei.

— Tudo bem, tudo bem. Não precisa ter um ataque do coração — disse Lucas.

Ele cruzou os braços e sorriu para mim. A mensagem implícita era "se quiser que eu saia, terá que me jogar para fora". Era exatamente o que eu tinha vontade de fazer. Eu estava perdendo o controle rápido.

— Lucas — falei, tentando manter a voz firme —, quero que você saia do meu carro agora. Se não sair, vou fazer um escândalo. Vou entregar você pro diretor e pra polícia. Vou meter você em todo tipo de problema que me passar pela cabeça. Agora, isso é calma suficiente pra você?

Lucas me abriu o que ele achava ser um sorriso sexy.

— Você fica uma graça quando está com raiva.

— *Sai!*

Ele começou a sair do carro, mas muito devagar.

Puxei o braço dele, mas parecia que Lucas gostava de brincar de cabo de guerra, então parei.

— Pronto — disse ele. — Saí. E agora, o que você tem em mente?

Bati a porta do carro atrás dele. Depois, voltei para o banco do motorista e arranquei antes mesmo de fechar a porta.

Tive um vislumbre da expressão dele pelo retrovisor. O sorriso finalmente tinha sumido. Ele parecia aborrecido.

Dirigi à toda até chegar em casa. Rápido demais. Não queria levar uma multa, mas precisava me afastar o máximo possível de Lucas.

Parei na entrada.

Estranho, a luz da varanda não estava acesa. Minha mãe sempre deixava acesa para mim. E o Subaru azul do meu pai não estava estacionado na frente. *Devia estar na garagem*, eu disse a mim mesma.

A chuva tinha parado de repente e a lua saiu de trás de um grupo de nuvens. Fiquei feliz por ter *alguma* luz naquela hora.

Me curvei e segurei a maçaneta da porta da garagem. Puxei. A porta retumbou enquanto subia. A garagem estava vazia. Meus pais tinham saído.

Inacreditável. Se tinha uma noite que eu não queria chegar numa casa vazia, era esta.

A porta da garagem para a cozinha estava trancada. Procurei minha chave. Não estava com ela. Só a da porta da frente.

Então ouvi o que pareceram passos na casa.

Meu coração parou. Escutei. Nada. Deve ter sido minha imaginação.

Ficando o mais ereta que pude, virei e saí da garagem.

Pus a mão em algo peludo e dei um pulo.

O velho carpete que meu pai tinha colocado em cima das caixas de lixo que ele guardava ali fora, percebi.

A lua iluminava a calçada até a porta da frente. Mas os arbustos de que meu pai se orgulhava tanto, aqueles que contornavam a calçada, se erguiam no escuro como monstros imensos, prontos para atacar.

Se controla, Lizzy, alertei a mim mesma. Tive que tentar colocar a chave na fechadura da frente duas vezes porque minha mão tremia demais.

Consegui abrir a porta, entrei e a tranquei logo em seguida. Acendi a luz do hall e todas as outras luzes por onde eu passava.

A casa estava vazia.

Soltei um longo suspiro. E mais um. Olhei a mesa do hall. Nenhuma carta de Kevin. Eu não tinha respondido sua última. Ainda assim, me ressenti por ele não ter escrito. Onde Kevin estava quando eu precisava dele?

Chocolate. Foi a segunda melhor coisa que consegui pensar. Fui até a cozinha, no esconderijo secreto da minha mãe na gaveta de legumes.

A luz ali já estava acesa.

Sentado à mesa, estava Justin.

— Surpresa.

— Justin... Como você entrou aqui?

De repente, fiquei apavorada. Ele estava sorrindo de um jeito estranho.

— Seus pais *abriram a porta* pra mim. Como você *acha* que eu entrei?

— Cadê eles? — perguntei, sem sair da soleira da porta.

— Foram buscar sua tia no aeroporto.

— Minha tia?

A primeira coisa que pensei foi que ele estava mentindo; a segunda, que eu devia sair correndo da casa, aos gritos. Depois lembrei que era quinta-feira. A tia Rena vinha de avião de Dallas. Eu tinha me esquecido completamente dela.

— Desculpa — falei com um suspiro. — E-eu tive um dia difícil.

— Tem sido um período difícil pra todos nós — comentou Justin, num tom tranquilizador.

Assenti.

— E o prêmio de eufemismo do ano vai para Justin Stiles.

Abri a geladeira e olhei o interior. Peguei um bolinho de chocolate.

— Quer um?

Ele gesticulou para o prato à sua frente e sorriu. Pelos farelos, vi que tinha dado cabo do que restava do bolo de cenoura da minha mãe.

Seu sorriso se alargou. Os olhos azuis perfeitos cintilavam. O garoto era *tão* bonito!

Por mais medo que eu sentisse, não pude deixar de notar isso. Justin tinha o que Elana chamava de "charme de chicote". O olhar dele te dava um choque, como alguém que te bate com um chicote.

— Escuta — disse ele —, eu vim aqui por causa...

— Quer dizer que não veio pelo bolo de cenoura da minha mãe? Ela vai ficar magoada!

Eu estava começando a me sentir melhor, então me sentei à sua frente.

— Eu vim aqui por causa — recomeçou — da Suki.

Esperei, confusa.

— Queria pedir pra você não contar nada.
— Sobre o quê?
— Sobre o fato de eu estar com ela no cinema naquela noite.
Pensei nisso por um momento.
— Por que você liga pra isso? — perguntei, depois de ter engolido um bocado do bolinho.
— A questão é que não quero sair com ela de novo — explicou. — E não quero que as pessoas fiquem falando que eu saí com ela e dei no pé. Suki já não tem uma reputação muito boa.
Revirei os olhos. Eu não conseguia acreditar nele, mas Justin estava com aquela expressão de cachorrinho para mim.
— Sabe de uma coisa, tem sido muito solitário sem a Simone — continuou.
— Solitário? — Essa não parecia a palavra certa quando sua namorada tinha sido assassinada há pouco tempo.
Justin se levantou. Andou pela cozinha, olhou pela janela, depois voltou e se colocou atrás de mim. Empurrei a cadeira de lado para poder olhar para ele.
— Sim, solitário — confirmou. — Dói muito sem a Simone.
Justin estendeu a mão e pegou meu rosto com gentileza. Depois, passou a mão no meu pescoço, fazendo carinho. Puxei a cabeça para trás e o examinei, cautelosa.
— Corta essa, Lizzy — disse ele baixinho. — Você está a fim de mim. Eu sei que sim.
Bufei. Justin ficou atônito.
— Desculpa — falei —, mas juro que você é a pessoa mais egocêntrica na história de Shadyside. O que te faz pensar que eu estou a fim de você?
Justin arregalou os olhos. Sua boca ficou frouxa.
— Bom, se é esse o caso, você é a primeira garota que conheço por aqui que não está.

Levantei da cadeira e me afastei dele.

— Acho que você não está acostumado a ser rejeitado, né?

— Na verdade — as costas de Justin arquearam um pouco —, não.

— Não — concordei. — Ninguém te rejeitou, nem quando você ainda namorava firme com Simone.

— O que isso quer dizer?

— O que você acha? Quer dizer que você saía com as amigas dela pelas costas.

— É mentira.

Senti uma onda de raiva.

— Não me chame de mentirosa, Justin. O mentiroso aqui é você. Você saiu com Dawn. Saiu com Rachel. E com Elana. E essas são só as que eu soube.

— Não sei do que você está falando — disse ele. Agora havia uma nova expressão naqueles olhos azuis. Medo.

— Você estava com Elana no dia que a Simone foi morta — continuei. — Você já contou essa parte pra polícia. Ou esqueceu?

— E daí? — perguntou Justin. — Isso não faz de mim um assassino.

Prendi a respiração.

— Eu nunca disse que você era um assassino — falei por fim.

— Bom... então... aonde você quer chegar com isso?

Ele agora parecia completamente nervoso.

— Só que foi uma coisa muito mesquinha de se fazer com Simone — continuei.

— Bom, não quero falar nisso agora — declarou, com os olhos faiscando. — E, no seu lugar, eu não falaria nisso também.

Justin se virou e saiu.

Isso foi uma ameaça.

Eu tinha acabado de ser ameaçada.

O que ele faria se eu não ficasse de boca fechada?, me perguntei. Como que em resposta, a porta da frente bateu.

As cinco candidatas do baile, até Simone e Rachel, desfilavam no palco com seus lindos vestidos. Todos os vestidos eram idênticos. Todos eram vermelhos e brilhavam. Todas as meninas pararam de costas para a plateia.

O sr. Sewall, o diretor, estava ao microfone, segurando um pequeno envelope branco na mão esquerda. Ao lado dele, estava Lisa Blume, a presidente do grêmio estudantil. Ela segurava a coroa e o cetro da rainha.

— E agora — disse o diretor — a vencedora e rainha do baile de Shadyside deste ano é...

Ele rasgou o envelope. Todos os alunos no baile tinham parado de dançar e olhavam as rainhas. O sr. Sewall também. O que via era tão apavorante que ele nem chegou a anunciar a vencedora.

Uma por uma, as rainhas do baile lentamente se viraram para a plateia.

E à medida que cada garota se virava, gritos soavam pelo auditório.

Cada rosto foi revelado, cada um recebendo os gritos com olhos vagos e fixos.

A carne no rosto das meninas se decompunha. O cabelo estava colado de terra molhada e folhas marrons e secas. Os rostos davam a impressão de terem ficado enterrados na terra molhada por várias semanas. Ossos se projetavam dos nacos pútridos e arriados da carne esverdeada.

O de Simone era o mais apavorante. A carne de suas faces tinha apodrecido tanto que as maçãs do rosto a atravessavam.

Só os olhos das rainhas do baile continuavam intactos. Os olhos das meninas eram de um vermelho-sangue; elas encaravam o público com fúria, sem piscar.

Rostos macabros. Com vestidos bonitos.

As cinco rainhas do baile deram um passo para o público, cambaleando rigidamente para a frente.

Mais perto. Mais perto.

Até que o cheiro de carne podre sufocou a todos no ginásio.

As cinco meninas levantaram a cabeça em uma risada horrenda e sem som.

E enquanto levantavam a cabeça, os olhos vermelho-sangue flamejantes, os pescoços se revelavam. Os pescoços e os ombros estavam cobertos de vermes brancos e rastejantes.

Acordei gritando.

Gritei tão alto que também acordei meus pais e a tia Rena.

Os três entraram no meu quarto correndo, ainda com a expressão sonolenta e tensa de susto.

— Querida — disse minha mãe, se jogando ao meu lado na cama —, eu quase tive um ataque cardíaco.

— Pesadelos são só pesadelos — falou meu pai, fazendo carinho na minha cabeça.

Ele falava a mesma coisa desde que eu tinha quatro anos. Eu não ligava. Se eu tivesse filhos, provavelmente diria a messíssima coisa para eles.

Quem dera os pesadelos fossem embora.

Quem dera poder dormir uma noite sem ser lembrada das amigas que perdi.

Meus pais e minha tia voltaram em silêncio para seus quartos. Fiquei encarando o teto, tentando apagar da memória as rainhas do baile cobertas de vermes.

No dia seguinte, na assembleia, eu teria que fazer meu discurso de rainha. Me forcei a repassar mentalmente o que tinha preparado. Eu ia falar de Rachel e Simone.

As duas pessoas em quem vocês deveriam votar não estão aqui hoje, eu pretendia começar assim. *Rachel West e Simone Perry.*

Mas assim que eu falava os nomes, via seus rostos. Não como realmente eram, mas como apareciam nos meus sonhos.

É só um sonho, Lizzy, eu disse a mim mesma mais uma vez.

Só um sonho.

Esquece isso. Esquece.

É claro que, desta vez, meu pai estava errado. Desta vez, um pesadelo não era só um pesadelo.

Desta vez, o sonho era real.

Capítulo 17

— Eca! O que é *isso*? — perguntei.

Eu estava olhando para um recipiente de lama assada, ali no vapor. Conseguia distinguir grãos amarelos de milho, espaguete velho, purê de batatas que tinha endurecido, carne gordurosa de hambúrguer, ervilhas verde-claras e um pouco de cada outra refeição medonha que a escola servia durante a semana.

— É empadão de carne — disse a sra. Liston, a merendeira, inexpressiva.

— Parece mais carne pisoteada — falou uma voz masculina conhecida no meu ouvido.

Lucas.

Empurrei a bandeja pelo trilho sem responder. Eu não estava com fome, pelo menos não para empadão de carne.

Ele se apressou para me acompanhar. O vapor subia da porção grande de empadão em seu prato.

— Vai — disse ele —, experimenta.

— Lucas, pela última vez, vaza.

— Ou o quê? — perguntou, com aquele sorrisinho cínico.

— Ou você vai terminar parecendo o empadão de carne.

Pronto, pensei. *Meus insultos estavam melhorando.*

Paguei pelo meu pote de iogurte e pela minha salada, e fui para uma mesa vaga. Elana acenou para mim. Estava sentada com Dawn. Assenti, mas não parei. Não estava com vontade de me sentar com elas agora.

O baile ia acontecer em apenas oito dias, e lá estaríamos nós, as últimas três candidatas a rainha, sentadas lado a lado à mesa, como patos em um tiro ao alvo: só esperando que algum maníaco aparecesse para disparar a arma.

Encontrei um lugar na frente de um calouro com cara de nerd. Ele pareceu bem assustado quando me sentei.

— Tem alguém aqui? — perguntei.

O garoto foi incapaz de responder.

— Finalmente chegou a sexta-feira, né? — falei, remexendo a salada.

— Sim! — respondeu, e olhou a mesa comprida.

Tinha um bando de veteranos nos encarando. Quando voltei a olhar para o meu companheiro de almoço, ele estufou o peito e sorriu com orgulho. Lancei uma piscadela para o garoto.

Durante dez minutos, ele sugou uma caixa vazia de achocolatado e me disse como odiava educação física.

— Eu queria matar aquele professor — confidenciou.

Suspirei. Até os calouros eram assassinos.

— Obrigada por nos evitar — disse uma voz enquanto eu terminava o restante do iogurte.

Ergui a cabeça. Era Elana, com o rosto abatido, rígido e tenso. Acho que ela estava sentindo a mesma pressão que eu. Levantei e me despedi do garoto na minha frente.

— É, a gente se vê amanhã — disse ele.

Eu tinha feito um amigo para a vida toda.

Elana não estava sorrindo.

— Podemos conversar? — Foi só o que ela disse.

Ainda tínhamos vinte minutos da hora de almoço. Decidimos dar uma caminhada.

Lá fora, fazia um lindo dia de primavera. Graças ao temporal, tudo estava muito vivo e verdejante. Passarinhos cantavam, insetos zumbiam. Dava para sentir que tudo começava a ganhar vida.

Fomos para o Shadyside Park, atrás da escola. Nenhuma das duas disse muita coisa.

Nós nos sentamos em um banco recém-pintado do parque.

— Está preparada pra assembleia de hoje? — perguntei, tentando puxar assunto.

— Para falar a verdade — disse Elana —, andei com muita coisa na cabeça e nem pensei direito nisso. É como se eu nem me importasse mais.

Assenti e esperei ela continuar.

Por fim, Elana falou:

— Eu me sinto tão mal. — Depois se calou de novo.

Olhei para ela. Elana vestia um suéter azul e branco longo com calça leggings azul e um colar de ouro que eu tinha certeza de que era verdadeiro. Tinha o cabelo preso em um rabinho de cavalo fofo, com um prendedor branco de elástico. Nas faces, detectei só um vestígio de blush cor de damasco.

Ela podia estar se sentindo mal, mas não tanto para deixar de dar atenção à aparência.

Mas que pensamentos cruéis. Me repreendi por ser tão dura. Elana estava melancólica.

— Eu me sinto culpada — disse ela, suspirando.

— Por quê?

Elana me olhou como se não acreditasse que eu não soubesse.

— Por sair com Gideon — falou. — Por ter causado o término entre ele e Rachel.

Evitei os olhos dela. Por acaso, acho que foi *mesmo* horrível da parte dela, mas eu não queria dizer isso agora.

— Não foi ideia minha, sabe? — contou. — Gideon não saía da minha cola. Disse que gostava de mim de verdade, e que ele e Rachel deviam ser só amigos...

Ela me olhou de novo. Obviamente, queria que eu dissesse que estava tudo bem. Tentei, mas não consegui me forçar a dizer as palavras.

— Nunca pude me desculpar antes de ela morrer — continuou Elana. — Eu... me sinto muito mal com isso. Penso nisso o tempo todo.

Seus olhos estavam ficando marejados. Eu nunca tinha visto Elana chorar. De repente, senti pena dela. Passei o braço por seu ombro.

— Ei — falei —, o que aconteceu com Rachel não foi culpa sua. Para de pensar desse jeito, Elana. A gente já tem o bastante para se sentir mal sem ficar se culpando.

Elana sorriu para mim, agradecida, e enxugou o nariz com as costas da mão.

— Obrigada — sussurrou.

— A propósito... Gideon te disse alguma coisa sobre o concurso de rainha do baile? — perguntei.

Ela ficou surpresa.

— Não. Talvez. Por quê?

— Só fiquei curiosa. A família dele é tão pobre quanto a de Rachel, sabe.

— E daí?

Eu estava tentando decidir se valia a pena assustar Elana com as minhas suspeitas absurdas.

— Ainda bem que decidimos seguir em frente com isso — disse Elana.

O sr. Sewall nos chamou naquela manhã — eu, Elana e Dawn — para saber se queríamos continuar o concurso. Dawn disse que Simone e Rachel não iam querer que a gente desistisse, e Elana e eu concordamos.

— Já arranjou um vestido? — perguntou Elana, assistindo a um tordo grande puxar uma minhoca do chão.

— Não.

— Ontem à noite, meus pais me disseram para eu voltar do baile às onze.

— Onze?

— Pois é. — Ela balançou a cabeça. — Que baile!

— Não está saindo do jeito que a gente pensava — concordei.

— Tracy Simon saiu do comitê de decoração do solar Halsey porque estava morrendo de medo de andar pelo bosque da rua do Medo.

— É compreensível — falei. — Eu mesma não estou ansiosa por isso.

Elana olhou as próprias mãos.

— Você concorda com Dawn? — perguntou ela em voz baixa.

— Sobre o quê?

— Que alguém está tentando matar as rainhas do baile?

Mordi o lábio, nervosa.

— Não sei. Talvez.

Elana ficou inexpressiva. Quando sentia medo, ela simplesmente se fechava. Sorriu de modo abrupto, um sorriso largo e forçado, e se alongou.

— Sabe com quem eu vou? Bruce Chadwin.

Eu sabia que ela estava tentando desesperadamente mudar de assunto. E conseguiu. Fiquei a encarando boquiaberta.

— Bruce? Ele te convidou?

— Aham.

— Dawn vai te matar. — Fiquei vermelha. — Quer dizer, ela vai ficar furiosa.

— Eu sei. — Elana deu de ombros. — Parece que sempre tem alguma garota com raiva de mim. Mas o que eu podia fazer? Ele convidou a mim, não a ela. E até parece que Dawn não tem vários caras para escolher. E por falar em caras...

— O pai de Kevin ainda não o deixou vir — falei. — Provavelmente vou com meu primo Seth, aquele de Waynesbridge. Ele disse que me faria um favor e iria comigo. Tem coisa pior? Mas não é esse meu maior problema. Eu estou preocupada de verdade com o discurso desta tarde. Acha que pode me ajudar? Fico apavorada de falar em público.

É verdade, eu tenho medo mesmo. Na verdade, uma vez li sobre uma pesquisa que mostrava que algumas pessoas tinham mais medo de falar em público do que da morte. Eu não iria tão longe, mas ficava muito nervosa.

Fiquei preocupada a tarde toda, mas os discursos foram bons. Cada uma de nós recebeu uma rodada imensa de aplausos, e quando Elana terminou de explicar por que tínhamos decidido continuar, nós fomos aplaudidas de pé.

Fui para casa de carro depois das aulas, jantei com meus pais e a tia Rena e depois voltei à escola para o ensaio da peça. Queria chegar lá cedo. Sempre que eu tentava baixar os painéis para a mansão do capitão, a parede de trás empacava no meio do caminho.

Faltando só uma semana, Robbie estava começando a perder o senso de humor. Eu não precisava que ele gritasse comigo na hora, então decidi resolver o problema antes de Robbie aparecer.

Quando cheguei, só havia alguns carros no estacionamento. Os corredores da escola estavam vazios e silenciosos. Sempre que eu passava por um armário aberto, fechava com força. Estava com vontade de fazer muito barulho.

Respirei fundo. Eu conhecia muito bem o velho cheiro da escola: uma combinação de cera para piso, suor, pasta de amendoim e leite azedo. Como alguma coisa ruim podia acontecer ali?

Então, virei num corredor e quase esbarrei no sr. Santucci, que passava um esfregão no chão.

— Tentando me assustar de novo, hein? — disse ele sem sorrir.

O auditório estava quase completamente às escuras. Quem tinha fechado as pesadas cortinas para escurecer todas as janelas? Deve ter sido o sr. Santucci.

Fui para o corredor central. Era o mesmo percurso que eu tinha feito antes, naquela tarde, para o meu discurso, mas naquela hora o salão estava lotado, iluminado e barulhento.

Agora eu tinha uma sensação sinistra. E de repente senti que não estava sozinha.

Subi a escada para o palco. A cortina estava fechada, então fui tateando até chegar na coxia. Andei devagar. Havia muito no que tropeçar nos bastidores: cordas, adereços, luzes.

Mas que sorte eu teria. Um psicopata me persegue, mas eu consigo escapar dele só para tropeçar e quebrar o pescoço sozinha.

Achei o quadro de luz principal e tateei em busca das alavancas grandes de madeira. Puxei a primeira para baixo e ouvi o imenso jogo de luzes se acender com um zumbido alto.

Puxei todas as alavancas, uma por uma.

Eu sabia que as luzes banhavam o palco com uma cor quente.

Então me virei.

E comecei a gritar.

Capítulo 18

Corri para o palco, ainda gritando a plenos pulmões. Não conseguia parar. Meus gritos ecoavam pelas paredes do enorme auditório.

Ao me aproximar do centro do palco, a cena horrível ficou completamente nítida. Elana jazia de cara para baixo no meio do tablado, o braço esquerdo dobrado embaixo dela de um jeito que nenhum braço se dobra. Os dedos da mão direita estavam esticados, como se ela tivesse tentado arranhar o chão. Sangue vermelho-escuro tinha espirrado por vários metros.

Continuei gritando. Por fim, as portas do auditório se abriram de repente e o sr. Santucci entrou, ainda com o esfregão.

— Chama uma ambulância! — gritei para ele.

O homem me encarou, confuso. Fui para a beira do palco.

— Chama uma ambulância! Agora!

Ele largou o esfregão, virou e correu.

Eu ainda estava no palco, encolhida perto do corpo sem vida de Elana, quando os socorristas finalmente chegaram, alguns minutos depois. Dois policiais entraram no auditório atrás deles.

Vi todos correrem para mim pelo corredor central. Eu ouvia seus rádios comunicadores estalando. Na hora, eu sabia que não havia motivo para ter pressa.

— Ah, não — disse uma mulher com um daqueles jalecos brancos de médico, a primeira a me alcançar.

— O que aconteceu? — gritou um policial alto e ruivo ao subir a escada.

Com cuidado, dois socorristas viraram Elana para cima.

Eu quase desmaiei.

Seu rosto estava esmagado e ensanguentado. Parecia o rosto que ela tinha no meu pesadelo.

O primeiro socorrista tentou sentir a pulsação no pescoço dela, depois olhou para nós com o rosto pálido. Ele fez que não com a cabeça, triste.

— Parece que ela caiu — disse uma policial, olhando a galeria de cenários no alto. Ela baixou os olhos para mim e eu a reconheci. Era a policial Barnett. — Você estava aqui? Viu o que aconteceu? — perguntou ela.

— Não.

O policial ruivo apontou a passarela.

— Ela pode ter caído dali.

A policial Barnett se inclinou e pôs a mão no meu ombro.

— Alguma ideia de por que ela estaria lá em cima?

Ergui os olhos.

— Tem uma salinha de adereços lá em cima — falei. — Às vezes eu fico lá. Ela pode ter... talvez estivesse me procurando.

A policial Barnett subiu na sala de adereços para dar uma olhada. Fiquei lá embaixo e respondi mais perguntas do policial.

Eles carregaram o corpo de Elana em uma maca. Não sei por que a levaram para o hospital, mas imaginei que fizessem isso mesmo se a pessoa estivesse morta.

— Ela não caiu — eu disse ao policial em voz baixa. — Disso eu tenho certeza.

— Por que diz isso?

Eu não tinha provas, percebi. Mas parecia tão óbvio para mim.

— Eu simplesmente sei — falei, sem fazer sentido.

E foi aí que eu vi. Na mão com a qual Elana parecia ter arranhado o chão, ela segurava um pedaço pequeno de tecido marrom.

— E você disse que ela parecia nervosa? — perguntou o policial Jackson.

— Foi. Mas por que não estaria? — falei. — Eu estou nervosa. Dawn está nervosa. Todas nós estamos morrendo de medo.

O braço do meu pai ficou tenso nos meus ombros. Ele estava sentado ao meu lado em nosso sofá de veludo cotelê branco. Dawn estava do outro. O policial Jackson e a policial Barnett estavam de frente para nós, também sentados. A policial Barnett fazia anotações.

Tinha passado das 22h, e essas perguntas já duravam mais de uma hora. Parecia que eu havia passado a primavera toda falando com a polícia.

O policial Jackson falou:

— Mas ela parecia nervosa demais?

Suspirei alto.

— Sim! — Deixei transparecer minha exasperação. — Você não ficaria? Eu nem consigo dormir à noite.

— Tem alguém matando as rainhas do baile — explodiu Dawn. — Isso é tão óbvio.

Ela já tinha contado sua teoria para eles. O policial Jackson a olhou de cima.

— Estamos atrás de cada pista.

— Tipo — continuou Dawn —, eu fiquei empolgada quando fomos indicadas. Agora parece que fomos indicadas para... para morrer! Não conseguem entender isso?

O policial Jackson franziu a testa.

— Basta responder mais algumas perguntas, e teremos terminado.

A policial Barnett se levantou.

— Eu sinto muito, Lizzy. Não vai demorar muito. Mas você foi a última pessoa a ver Rachel e Elana vivas. Estamos tentando descobrir tudo o que pudermos.

Ela se virou para Dawn.

— Antes do ensaio, você estava...

— Jogando tênis — disse Dawn.

— E a última vez que viu Elana foi na assembleia?

— Isso mesmo.

A policial Barnett se virou para mim.

— Vamos repassar a parte sobre a jaqueta de beisebol mais uma vez.

Contei a ela tudo o que eu sabia. Pela zilionésima vez falei do homem que vi correndo para o bosque usando uma jaqueta marrom.

— Estou te falando, eu acho mesmo que é o Lucas — acrescentei.

O policial Jackson fechou o bloco e se levantou.

— Vamos conversar com ele em seguida.

— Então, quem vocês acham que fez isso? — perguntou Dawn.

— Estamos seguindo cada pista — repetiu o policial Jackson.

Dawn e eu nos entreolhamos.

— Por que não podem pelo menos dizer quem são os suspeitos? — perguntou ela, elevando a voz. — Tipo, vocês não acham que a gente ficaria mais segura se pelo menos soubesse em quem ficar de olho?

O policial Jackson deu de ombros.

— Basta tomar todas as precauções que puderem — aconselhou ele. — Infelizmente, é só o que posso lhes dizer agora.

Meu pai acompanhou os policiais até a porta. Dawn se levantou, alongou o corpo e estremeceu.

— Bom, acho que vou pra casa também — disse ela.

— O que você vai fazer? — perguntei.

— Ah, nada. Uma barricada na minha porta, ficar atenta a barulhos. O de sempre.

Ela abriu um leve sorriso para mim. Tentei sorrir também, mas não consegui.

— Agora somos só nós — disse Dawn.

— O que você quer dizer com isso?

— Para rainha do baile.

Olhei para ver se ela estava falando sério. E ela estava.

— Você não está pensando no concurso ainda, está? Três assassinatos não bastam pra você parar de se preocupar com quem vai vencer?

Dawn deu de ombros.

— Bom, você venceu — falei. — Eu me retiro. Vou dizer ao sr. Sewall amanhã. Desisto. Não quero ser rainha do baile, pode acreditar. Onde vão dar o baile, aliás? Na funerária Shadyside?

Eu me virei dramaticamente. Pretendia que essa fosse minha frase de saída, mas esbarrei direto na minha mãe.

— Ei, calma — disse ela.

Passei direto e subi a escada sem dizer nada.

Entrei no meu quarto e bati a porta, mas não estava com tanta raiva como gostaria. Provavelmente só queria descarregar em Dawn, mas não consegui.

Ouvi a porta da casa se fechar. Olhei a escuridão pela janela. Eu conseguia distinguir Dawn andando pela calçada escura à frente. Ela parecia tão vulnerável. Me senti mal por ter ficado com raiva.

Observei até ver seu carro sair em segurança. Depois, fiquei olhando um pouco mais. Vi as árvores balançando ao vento. Ouvi o farfalhar das folhas. Se alguém estivesse lá fora, havia muitos lugares onde se esconder.

Só quando me sentei na cama foi que percebi que minhas pernas tremiam. Eu podia vê-las tremendo.

Eu sentia que tremia por inteiro. Meu peito parecia todo feito de penas.

Deitei, tentando me acalmar. *Eu sou a próxima*, pensei.

Foi uma ideia apavorante, mas não consegui me conter. As palavras não saíam da minha cabeça: *Eu sou a próxima... eu sou a próxima... eu sou a próxima...*

Em seguida, as palavras de Lucas: *Eu gosto de você. Gosto de verdade de você.*

Vinte minutos depois, eu ainda estava deitada ali, de olhos bem abertos, com uma ideia assustadora perseguindo a outra em meu cérebro.

Então, o telefone na mesa de cabeceira tocou estridente, bem no meu ouvido.

Olhei para ele, ouvindo o toque.

Não queria atender.

Capítulo 19

— Alô?
— Lizzy?
— Sim?
— É o Justin.
— Ah. Oi.
— Oi.
— E aí?
— Ahn... bom... eu, ahn...
Ele parecia nervoso. Por que o Justin estava nervoso?
— Qual é o problema? — perguntei.
— Nada, nada. Será que eu posso, ah, ir aí?
— Vir aqui?
— É.
— Agora?
— Bom, ahn, é.
— Justin, são quase 23h. Meus pais já foram dormir.

— É, bom, é muito importante.
— O que foi? Você está bem?
— Estou bem. Estou, sim.
— Não pode me dizer o que é?
— Não. Vou dizer pessoalmente. Pode ser?
Por que ele parecia tão estranho?
— Pode ser? — repetiu ele.
— Tudo bem, acho que sim...
Eu não conseguia raciocinar direito. Estava acontecendo alguma coisa, mas eu não sabia o que era.
— Que bom. Chego aí em quinze minutos, mas não vou tocar a campainha. Eu, ahn, não quero acordar seus pais. Então te espero na entrada, tudo bem?
— Tudo bem.
Aí pensei em outra coisa.
— Justin?
— Sim?
— Não podemos. Meu pai aciona o alarme antirroubo à noite. Não posso descer.
— Segurança rigorosa, hein?
— É isso mesmo.
— Bom — disse ele —, desativa o alarme.
Ouvi o clique enquanto Justin desligava o telefone.
O painel principal do alarme ficava no patamar da escada, na frente do quarto dos meus pais. Dava para ver a luz por baixo da porta, mas não ouvi vozes. A luz brilhava sob a porta do quarto de hóspedes, então minha tia Rena estava acordada também. Pendurada na maçaneta da porta dos meus pais, a plaquinha da minha mãe dizia ALARME LIGADO.

Em silêncio, digitei nosso código de segurança. A luz vermelha de LCD piscou duas vezes, depois se apagou. Virei a plaquinha para que dissesse ALARME DESLIGADO.

Depois, desci na ponta dos pés para esperar.

Uns vinte minutos depois, o rosto de Justin apareceu na janela da frente. Ele estava com o boné de beisebol do colégio. Apontou a porta da frente e fui até lá abri-la.

— Oi — sussurrou quando eu abri a porta e deu um sorriso estranho para mim.

— Entra. A gente pode conversar aqui.

Levei-o até a saleta e fechei a porta. Ele se recostou na mesa do meu pai e meteu a ponta dos dedos nos bolsos da frente dos jeans. Cruzou as pernas. Descruzou. Depois tirou as mãos dos bolsos. Parecia bem desconfortável.

— Então — disse Justin em voz baixa —, você falou com a polícia?

— Por horas. Olha, você não precisa sussurrar nem nada. Meus pais estão no segundo andar.

— Ótimo — disse Justin, alto demais.

Qual era o problema dele? Em geral, era tão relaxado, tão tranquilo. Agora me encarava intensamente. Sua testa estava toda suada.

— Estes são tempos bem assustadores — comentou. — Você deve estar assustada, né?

— Pode apostar que estou.

Foi sobre isso que ele veio conversar?

Olhei as mãos de Justin e ele fez o mesmo.

Estava segurando o abridor de cartas do meu pai. Aquele com o cabo curvo e a ponta afiada como uma adaga. Começou a andar de um lado para o outro, batendo a faca na palma da mão.

— E aí — disse Justin —, o que você falou pra polícia exatamente?

— Tudo o que consegui pensar. — Eu não tirava os olhos da faca. — Falei pra eles...

Parei no meio da frase.

— O quê?

Eu não queria falar.

— O quê, Lizzy? — insistiu, os olhos cravados nos meus. — O que você disse a eles?

O que eu estava prestes a dizer era que tinha falado com a polícia sobre o pedaço de tecido marrom na mão de Elana. Mas, em vez disso, falei:

— Por que você quer saber?

Ele soltou uma gargalhada exagerada.

— Tem razão. Não dou a mínima.

Eu não estava mais olhando para o abridor de cartas. Estava olhando para o boné de Justin. Costurado na frente, estava o emblema dos Tigers.

Por que isso só me ocorreu agora? Justin também era do time de beisebol, não só Lucas.

Justin era da seleção estadual, um dos astros do time.

Então ele também tinha uma jaqueta marrom.

— Por que está tão longe de mim? — perguntou, com um sorriso estranho. — Acha que vou te morder?

— Não, eu...

— Vem cá, então.

Minha mente entrou em disparada.

— Estou bem aqui — falei.

Mas Justin tinha começado a andar lentamente na minha direção, o abridor de cartas bem firme na mão...

Capítulo 20

Enquanto eu olhava fixamente a lâmina prateada e brilhante, alguém bateu na porta da saleta, então a abriu.

— Pai! — exclamei, agradecida.

Ele estava parado ali de pijama listrado e largo, com o rosto confuso.

— Lizzy, com quem você está falan...

Ele parou quando viu Justin. Olhou para ele, depois se virou para mim.

— Pai. — falei. — Este é Justin Stiles. Justin, pai.

— Olá, sr. McVay — disse Justin. Ele colocou o abridor de cartas de volta na mesa.

— É meio tarde para visitas, não é? — falou meu pai. Ele sorriu ao dizer isso. Sempre sorria quando se via falando como um pai.

Fiquei tão feliz por vê-lo que não me importei com ele falando como um pai. Tive vontade de me esconder atrás dele.

— Lamento incomodá-lo — disse Justin. — Tinha uma coisa que precisava perguntar a Lizzy e achei que não podia esperar até amanhã.

— Sei — respondeu ele, bocejando. — Bom, já perguntou?

Justin olhou para mim, depois para meu pai.

— Já — respondeu.

Me perguntou o quê? Ele não me perguntou nada, a não ser sobre a polícia. Meu coração ainda estava disparado.

— Bom, então talvez vocês dois possam continuar essa conversa amanhã.

Eu ri, embora não houvesse um bom motivo para isso.

— Ele já está indo embora. Vamos, Justin, vou te acompanhar até a porta.

Levei Justin para a porta de casa, mas ele se demorou ali, se recusando a ir embora.

Eu me virei e olhei para meu pai, que acenou para nós da porta da saleta, depois entrou na cozinha. Eu sabia que ele estava enrolando ali, esperando o Justin sair.

— Obrigada por vir — falei rapidamente. — Falo com você amanhã. — Eu estava falando alto o bastante para meu pai ouvir.

Justin me encarou. Por fim, disse:

— É. Amanhã.

Eu o observei descer a escada da frente, pegar a calçada e desaparecer no escuro. Depois fechei a porta, tranquei-a e encostei a cabeça nela.

Meu pai saiu da cozinha e parou ao pé da escada, olhando para mim.

— Ele já foi — falei, com mais alívio do que ele poderia imaginar.

Meu pai assentiu, depois começou a subir a escada devagar.

Será que Justin estivera prestes a me esfaquear?

Ou minha imaginação hiperativa estava me dominando de novo?

Eu estava exagerando. Tinha que estar.

Justin parecia obviamente nervoso.

E com certeza tinha mais em mente do que foi capaz de dizer.

Mas ele não poderia vir aqui em casa me esfaquear com um abridor de cartas.

Isso era simplesmente absurdo. Não é?

Suspirei. Só naquela hora percebi como estava cansada. Quando você acha que está a ponto de ser morta a facadas, tende a ficar bem desperta. Agora que eu tinha relaxado de novo, estava exausta.

Fui para o segundo andar, escovei os dentes, tirei a roupa e fui para a cama. Fechei os olhos e me ajeitei no travesseiro. Abracei meu segundo travesseiro para me sentir confortável — minha posição preferida para dormir. Talvez eu conseguisse ter uma boa noite de sono, para variar.

Tap.

Meus olhos se abriram no escuro. Me esforcei para ouvir.

O que eu tinha ouvido agora?

Alguém na porta? Na janela? Alguém tentando entrar no meu quarto?

Meu peito subia e descia como se eu tivesse acabado de correr uma maratona.

Tap, tap.

Lá estava de novo. E vinha da janela. Estendi a mão e acendi a luminária da cabeceira. Tudo parecia bem normal. Levantei e fui lentamente até a janela. Me obriguei a olhar para fora, mas, com as luzes acesas, eu não enxergava nada.

Tap!

Joguei a cabeça para trás antes de perceber que era só um galho de árvore soprado pelo vento.

Só um galho de árvore... mas parecia o dedo ossudo de um esqueleto.

Voltei para a cama e as batidas continuaram. Era como se o galho estivesse acenando para mim, tamborilando uma mensagem, tentando me dizer alguma coisa.

Passei a noite toda acordada.

Não saí durante todo o fim de semana. Passei a maior parte do tempo no quarto, deitada na cama. No sábado à noite, meus pais e minha tia iam a um jantar, mas minha mãe cancelou para eu não ficar sozinha. Protestei, mas não com muita vontade.

Toda vez que o telefone tocava, eu tomava um susto. Sempre esperava que fosse Justin. Em vez disso, era Dawn.

— Soube que Justin esteve na sua casa ontem à noite — disse ela.

— As notícias voam.

— Uma galera viu o carro dele estacionado na sua entrada — explicou Dawn.

Shadyside parecia um aquário. Todo mundo estava sempre vigiando todo mundo e cuidando da vida dos outros.

— É, ele veio aqui — admiti.

— *Disso* eu sei — debochou Dawn. — Foi o que acabei de dizer. O que eu quero saber é o que Justin queria.

— Boa pergunta. Não faço ideia.

— Como assim?

— Exatamente o que eu disse. Não faço ideia do que ele queria. Ele me deu calafrios, se quer saber a verdade.

Justin me deu muito mais que calafrios, chegando perto de mim com aquele abridor de cartas na mão, mas eu não estava disposta a espalhar boatos e acusá-lo.

Na escola, na segunda-feira, eu o evitei o dia todo. Não foi fácil — sempre o pegava olhando para mim. Uma vez, entre duas aulas, virei num corredor vazio e quase esbarrei nele.

— Oi — murmurei, depois apertei o passo antes que ele pudesse dizer alguma coisa.

— Ei! — chamou, mas continuei andando.

Quando cheguei da escola, encontrei uma carta no meu travesseiro. Era de Kevin. Abri o envelope.

Adivinha só?, começava a carta. *Meu pai finalmente cedeu. Você tem um par pro baile!*

Eu ria e chorava ao mesmo tempo.

O baile. Naquele sábado à noite.

Parecia fazer tanto tempo desde que eu me importara com isso. Kevin não sabia do que estava acontecendo, o que, de algum modo, deixava sua carta ainda mais adorável.

Segurei a carta no peito. Tomara que Kevin possa vir mais cedo.

Agora tudo o que eu precisava fazer era aguentar até sábado. Aguentar até o baile.

A noite de terça foi o primeiro ensaio com figurino de *A noviça rebelde*, que seria apresentada na noite de sexta-feira. Todos estavam tensos, como sempre ficam com os figurinos. Só que, desta vez, todo mundo estava tenso *de verdade*.

Para começar, era difícil andar pelo palco sem pensar em Elana. Era especialmente difícil para mim. Eu continuava vendo-a como fora encontrada, esparramada e de cara para baixo no meio do palco.

— Vamos — gritava Robbie —, vamos começar logo ou passaremos a noite toda aqui.

Eu estava ocupada verificando mais uma vez os adereços na mesinha que tinha armado apoiados na coxia quando Dawn apareceu atrás de mim. A maquiagem pesada a deixava estranha fora do palco.

— Justin tentou falar com você de novo? — perguntou.
— Não.

Dawn olhou o palco, mordendo o lábio com força.

— Só faltam quatro dias.
— Eu sei.
— Não vejo a hora de esse baile acabar.
— Sei como se sente.
— E se a gente fizesse as malas agora e fosse embora? — sugeriu Dawn. — Kevin deixaria a gente ficar na casa dele, no Alabama?

De repente me lembrei... Como pude esquecer?

— Ei, adivinha só? Tenho um par, afinal de contas. Kevin pode vir.

Por um momento, a tensão se rompeu. Dawn soltou um uivo e me deu um tapinha nas costas.

— Isso é ótimo!

Dei de ombros.

— Estou tão assustada e perturbada agora que nem consigo curtir. Tipo, pensa bem, Dawn... se alguém está matando as rainhas do baile, não resta muito tempo.

— Eu sei — concordou ela, os olhos lacrimejando enquanto apertava minha mão.

— *Em seus lugares, todo mundo* — gritou Robbie num tom estridente lá do auditório.

— Merda pra você — desejei a Dawn.
— Estou suando?
— Sim.
— Essa porcaria de maquiagem — reclamou ela. — É tão quente que me dá espinhas.

De repente, ela me deu um abraço. Senti seu coração aos saltos.

E então Dawn "Irmã Maria" Rodgers saiu depressa para começar o espetáculo.

— Muito bem, prestem atenção — disse Robbie da plateia, quando todos estavam preparados para começar. — Desta vez, não importa o que aconteça, não parem. Vamos fazer o espetáculo todo pela primeira vez.

E então começamos.

Os ensaios com figurino costumam sair mal. É uma antiga tradição do teatro. "Figurino ruim, bom espetáculo", os atores sempre dizem.

Se isso fosse verdade, estávamos a caminho de uma das maiores produções da história do colégio Shadyside porque deu tudo errado.

As freiras entravam na hora errada. A reverenda madre entrou direto na casa do capitão no meio de uma cena. As pessoas esqueciam falas aqui e ali e improvisavam umas coisas absurdas. Houve pausas longas e horríveis durante as quais todo mundo no palco ficava se olhando, espantado.

Mas Dawn devia ser a mais tensa. Ficava se referindo à criada como a baronesa e confundia os nomes das crianças Von Trapp.

Foi a primeira vez que ensaiamos com a banda, e não só com a pianista. Isso foi tão ruim quanto todas as outras partes da peça. Os músicos ou se atrasavam muito em relação aos cantores, ou se adiantavam demais. Parecia uma corrida em que ficavam trocando de líder o tempo todo.

Também cometi minha parcela de gafes, devo admitir. Quando a Irmã Maria deixa o emprego de governanta e foge para a abadia, puxei a corda errada. Um painel saiu voando e quase acertou a cabeça de Dawn de novo.

Quando finalmente terminou, Robbie chamou todo o elenco no palco.

— Muito bem — começou —, espero que vocês esqueçam tudo o que aconteceu, porque foi a pior produção de *A noviça rebelde* da história do teatro.

— Ah, dá um tempo, Robbie — falou a caloura que interpretava Gretel. — Não foi a *pior*.

— É, Robbie — disse o capitão, tirando o bigode falso. — Pelo menos conseguimos fazer tudo.

— E estamos todos exaustos — acrescentou a baronesa.

— Tudo bem, tudo bem, me desculpem. — Robbie subiu ao palco. — Acho que estou exausto também. — Ele tirou os óculos e esfregou os olhos. — Vocês têm razão. Vamos acertar tudo. Sei que vamos.

Robbie olhou as diversas páginas de anotações na mão.

— Sabem do que mais? Vocês todos merecem um descanso. Vou distribuir essas anotações amanhã. Vão pra casa agora e tenham uma boa noite de sono.

Houve gritos por parte do elenco, mas não muito animados. Todos estavam cansados demais. Os atores foram até os dois camarins para começar a tirar toda aquela maquiagem pavorosa da cara.

Eu sempre levava mais tempo do que os outros para ajeitar tudo depois do ensaio. Primeiro, precisava procurar todos os adereços que os atores não se lembravam de devolver à mesa. Depois, tinha que levá-los à sala apropriada. Em seguida, tinha que subir todos os cenários e garantir que estivessem seguros.

Eu estava na minha segunda ida à sala de adereços quando notei que a porta do armário estava entreaberta. Eu tinha certeza de que a tinha fechado bem. Não abri a porta desde a última vez que notei que estava aberta.

Então...

Então isso significava que mais alguém havia estado ali em cima.

Congelei.

E aí uma voz atrás de mim falou:

— Oi.

Era Justin. Ele estava bloqueando a porta, recostado no batente, e me encarava com aqueles olhos azul-claros. Parecia tão nervoso quanto na noite anterior.

— Então... — começou, em uma falsa voz de cinema —, enfim nos encontramos.

— Justin... — Ainda tinha gente ali, eu me tranquilizei. E se eu gritasse, iam me ouvir.

— Não sei, Lizzy, posso estar enganado, mas tenho tido a sensação de que você está me evitando.

— Nada a ver.

— Mas o caso é que não fiz a pergunta que queria fazer na sexta à noite.

Eu devia fugir, aos gritos? Havia pouco mais de um metro nos separando. Talvez ele ficasse tão surpreso e eu conseguisse passar.

Tarde demais. Ele tinha começado a avançar lentamente. Seu rosto parecia tão tenso. As mãos estavam enfiadas fundo nos bolsos. Será que tinha uma faca?

— O que eu quero saber — começou — é se você tem um par pro baile.

Eu olhei para Justin, admirada.

— Bom, não fica tão chocada. Eu sei que você está meio chateada comigo e acha que sou egocêntrico e tal, mas o fato é que... bom...

— Você está me convidando pro baile? — falei.

Ele abriu um sorriso sexy.

— Isso.

Recomecei a respirar.

— Você está me convidando pro baile? — repeti.

Justin riu.

— Bom, estou.

Eu ri também. Então é por isso que ele estava tão nervoso! Nervoso por *me* convidar para o baile. Não pude evitar, eu me sentia ótima.

— Desculpa, não estou rindo de você, é só que...

Justin chegou mais perto.

— Hein — disse ele em voz baixa —, o que me diz?

— *Lizzy? Você está aí?* — Uma voz chamou do palco. Era Dawn. Fui até a porta. Ele veio atrás de mim.

— Vou descer já, já — respondi.

Fechei a porta da sala de adereços, depois Justin e eu fomos até a passarela.

— Hmm, olha — falei em voz baixa —, não posso ir com você.

Ele murchou.

— Desculpa, eu fico muito lisonjeada, de verdade. Mas Kevin... acabei de saber... teve permissão para vir, no fim das contas.

— Ah — disse, parecendo muito decepcionado. — Isso é ótimo!

Nós nos olhamos desajeitados por um momento. Depois ele falou:

— Bom...

Ele desceu a escada primeiro. Fui atrás dele.

— Oi, Dawn — falou quando chegou ao palco.

Ela estava de jeans preto e uma blusa de alcinha verde-clara. Eu via que ainda restava muita maquiagem em volta dos olhos dela.

— A gente se vê — disse Justin para mim, e saiu com a maior tranquilidade possível.

Dawn me encarava com medo nos olhos.

— O que está acontecendo?

Sorri e contei a ela o que Justin queria.

— Ele te convidou pro baile? — Dawn ficou radiante. — Não! Não acredito.

Me irritou um pouco que ela tenha ficado tão surpresa.

— O que tem de tão estranho nisso?

— Nada. — Dawn passou a me cutucar as costelas. — E aí? E aí? O que você disse?

— Eu disse que vou com Kevin.

Ela pareceu decepcionada e perdeu o interesse pelo assunto.

— Eu tinha me esquecido. Então, você já está acabando?

— Mais cinco minutos — respondi.

Ela pegou minha jaqueta de couro, a que eu tinha deixado numa cadeira.

— Não está meio quente pra isso? — disse Dawn, experimentando. — É primavera, lembra?

— Então por que estou sempre com frio?

Roger Brownmiller, que fazia o papel de tio Max, saiu do camarim e chamou por Dawn.

— Você vem?

Ele era a última pessoa no palco além de nós.

— Vou esperar a Lizzy — respondeu Dawn.

— Não desce sozinha — disse ao sair.

— Obrigada — falou Dawn. Ela o olhou ir embora, depois se virou para mim. — Você não acreditaria quantas pessoas estão me dizendo para não largar a escola nem nada parecido. Eu fui tão mal assim?

— Todos nós fomos — respondi.

— Muito obrigada — disse Dawn. Ela se curvou para o palco. — Anda logo — falou, abrindo e fechando o zíper da minha jaqueta. — Ficar aqui totalmente sozinha me dá arrepios.

Queria que ela não tivesse dito isso. Eu estava me concentrando tanto na peça que por algumas horas me esqueci de ficar nervosa. De repente, me ocorreu o fato de que estávamos sozinhas no auditório quase escuro.

Me lembrei de Elana. Todas as outras lembranças ruins não ficaram muito para trás.

— Estou quase acabando — falei alto.

Agora eu não conseguia ver Dawn. E ela não respondeu.

— Dawn? — falei. — Por favor, não brinca comigo. Não consigo lidar com isso.

Desta vez ela me respondeu.

Respondeu com um grito horripilante.

Capítulo 21

Corri para o palco fortemente iluminado.

Dawn não estava ali.

Então ouvi alguém se mexendo à minha direita. Virei depressa. Era difícil acreditar no que eu estava vendo.

Do outro lado do teatro, na escuridão da coxia, alguém lutava contra Dawn!

— Dawn! — gritei.

Parti correndo para eles.

Dawn e o homem lutavam desesperadamente. As duas figuras eram um borrão nas sombras. Mas consegui ver o homem de boné e a jaqueta marrom de beisebol.

— *Para!* — berrei.

Enquanto eu olhava para eles, boquiaberta, minha mente entrou em marcha acelerada. *Quem é?*, eu me perguntei. *Quem está lutando contra Dawn?*

O homem era magro demais para ser Lucas. *Justin?*, me lembro de pensar enquanto corria.

Aí vi um brilho de aço.

Ele tinha uma faca!

Dawn respirou fundo ao ver a faca também. Ela e o agressor agora estavam travados, como uma estátua estranha. Os dois tinham os olhos na lâmina. Dawn tentava empurrar a mão do homem para trás. Com toda sua força, o homem tentava baixá-la nela.

Ele estava vencendo. Sua mão descia lentamente na direção de Dawn.

Mais perto.

Mais perto.

A ponta da faca se aproximava cada vez mais de Dawn.

— Não! — gritei e continuei correndo.

E caí de cara no chão.

Eu tinha tropeçado em um cabo de eletricidade preto e grosso. Bati com força no chão, a madeira indo de encontro à minha cabeça e face com a força de um taco de beisebol.

Com a cabeça latejando, eu me levantei, tonta.

Nessa hora, Dawn gritou de novo.

O assassino tinha vencido. Tinha conseguido descer totalmente a faca e a enterrava no peito de Dawn.

Era tarde demais. A mão de Dawn que segurava o braço dele relaxou devagar. Ela desabou no chão e ficou prostrada em um amontoado imóvel.

O assassino ficou parado ali por um momento, olhando para ela. Depois, se virou para mim. Seus olhos se fixaram nos meus. E então saiu das sombras.

Ele ainda segurava a faca, agora manchada de sangue.

O sangue de Dawn.

Andava depressa na minha direção enquanto eu recuava para o palco muito iluminado.

Finalmente vi quem era.

Capítulo 22

— Simone! — falei, ofegante. — Mas a gente achou...
— Vocês acharam que eu estava morta — debochou Simone. — Claro... vocês todas estavam *ansiosas* para pensar que eu tinha morrido, não é?

— Não... eu...

— Mas eu não podia me dar o luxo de morrer, Lizzy. Tinha muito a fazer.

Eu recuava pelo palco. Ela me seguia.

— Encenei meu próprio desaparecimento — continuou Simone, com os olhos brilhando e a boca retorcida de raiva. — Encenei tudo. Eu sabia que meus pais não se importariam se eu sumisse. E quer saber por quê? Porque ninguém se importa comigo. Ninguém!

— Isso não é verdade... — comecei.

— Cala a boca! — gritou ela, me interrompendo e levantando a faca ensanguentada em ameaça. — Meus pais nunca se importaram comigo. Só se importam com a pontuação deles no golfe e com os martínis. Justin também não se importava. Ele só me usou. Ninguém se importava. Ninguém.

Continuei recuando.

— Não entendo — consegui dizer. — Por que matar as rainhas do baile? Tipo, você nunca quis realmente...

Simone riu com desprezo. Tirou o boné e, num gesto teatral, jogou o cabelo preto e comprido para trás.

— Rainhas do baile? Quem *liga* pra isso? Como pode ser tão estúpida? Não estou matando as rainhas do baile. Estou matando todo mundo que me traiu, todo mundo que saiu escondido com Justin.

— Mas, Simone... — comecei.

— Desiste, Lizzy — disse ela. — Você não tem como se safar dessa.

Eu tinha recuado por todo o palco. Estava prestes a entrar na coxia da esquerda. Não queria entrar na escuridão, mas não tinha alternativa. Simone ainda estava vindo na minha direção.

— Tentei fazer com que ele se importasse comigo — revelou, jogando o cabelo para trás com um movimento violento de cabeça. — Como não consegui, decidi castigá-lo, fazê-lo sentir a dor que eu estava sentindo... matando toda garota com quem ele me traiu. Acho que ele deduziu o que estava acontecendo. Pelo menos, espero que sim.

Simone riu.

— Usando a jaqueta de beisebol de Justin e com meu cabelo metido no boné, eu ficava parecida com um dos caras. Não acha? Você passou direto por mim no cinema e nem me reconheceu!

— Mas onde você esteve se escondendo? — perguntei, desesperada para ela continuar falando.

— No céu — disse Simone com frieza, apontando para cima com a faca ensanguentada.

— Estou falando sério — insisti.

— Eu também — disse ela, sorrindo. — Fiquei na sala de adereços em cima do palco. É muito aconchegante lá, e o refeitório proporcionava toda a comida que eu precisava. De todo modo, vou embora logo. Meu trabalho está quase pronto. Vou inventar uma história qualquer sobre ter sido sequestrada e vou pra casa. Você sabe como eu sou boa atriz, Lizzy. Todo mundo vai acreditar em mim.

Ela vinha lentamente na minha direção.

— O que você quer comigo? — falei. — Eu nunca fiquei com Justin.

Simone riu.

— Mas que mentira — acusou. — É mesmo incrível as coisas que as pessoas dizem quando sentem medo. — Seu rosto ficou furioso de novo. — Eu estava lá! Eu ouvi quando ele te convidou pro baile.

— Tudo bem — falei de um jeito pouco convincente. — Ele me convidou, mas eu disse não.

— É mesmo? Mas por que eu não acredito nisso nem por um segundo? Você é a próxima, Lizzy. Desculpa. Achei que você era minha amiga, mas você só estava fingindo. Você também não se importa comigo. É igualzinha aos outros.

Minha mente disparava. O que Simone estava pensando? *Entra na cabeça dela!*, ordenei a mim mesma.

Talvez ela esteja pensando, *Não posso parar agora. Não tem como voltar atrás.*

— Simone — falei —, quando você for pega, vão te prender por muito tempo. Você sabe disso, não é? Por que não para agora? Antes que tenha mais sangue nas mãos. Só vai piorar tudo.

Simone levantou a faca no ar.

— Ninguém vai me pegar — disse ela — porque a única que sabe meu segredo está prestes a desaparecer.

A garota partiu para cima de mim de novo. Eu recuei, mas acabei encostada na parede de cimento. Não tinha para onde me virar nem onde me esconder.

Então eu senti.

As cordas para baixar os cenários estavam amarradas à minha direita. Olhei para elas.

Uma das cordas faria descer um saco de areia bem na minha frente. Mas qual delas?

Qual?

Eu só tinha uma chance.

Sem pensar, escolhi uma delas.

Respirando fundo e fechando os olhos, puxei a corda com toda força.

Capítulo 23

Abri os olhos enquanto Simone investia para cima de mim. No mesmo instante, o pesado saco de areia despencou.

Foi a corda certa!

O saco caiu entre nós duas.

Bateu com um estalo.

Demorou muito para a dor aparecer no rosto de Simone. Aí ela começou a gritar.

O estalo... devia ser os pés de Simone se quebrando sob o peso do saco.

Simone largou a faca e caiu no chão, se contorcendo de dor.

Gritando com o esforço, ela puxou o pé de debaixo do saco de areia. Estendeu a mão para ele, mas a dor era muita.

Em vez disso, pôs as mãos no rosto e se deitou no chão. Ficou inteiramente imóvel.

Os gritos tinham parado.

Houve um silêncio completo e sinistro.

Esperei, tentando recuperar o fôlego. Depois, andei devagar na direção dela. Será que a atriz estava fingindo de novo?

Me aproximei mais alguns passos e entendi que seus gritos eram reais. O pé estava torcido em um ângulo reto embaixo dela.

Peguei a faca no chão e apontei para o corpo prostrado dela. Eu tremia, desesperada, mas Simone não se mexia.

Ela me olhou cheia de agonia e súplica.

— A dor — gemeu fraquinho. — A dor.

Depois fechou os olhos. Sua cabeça tombou no chão. Simone tinha desmaiado.

Fiquei olhando para ela por um momento antes de voltar a mim. Simone não ia a lugar nenhum. Não com o pé daquele jeito. Corri pelo palco.

— Dawn! — gritei. Não tive resposta.

Mas à medida que me aproximava dela, pensei ter visto Dawn se mexer.

— *Dawn!*

Me joguei no chão ao lado dela, largando a faca.

— Dawn! Estamos fora de perigo! Estamos fora de perigo! Ah... por favor, fica bem. Dawn! Está me ouvindo? Dawn!

Dawn ergueu os olhos para mim. Depois, abriu a boca como se quisesse dizer alguma coisa, mas não saiu som nenhum.

— Vou buscar ajuda — falei. — Volto logo.

— Eu espero — disse Dawn.

Olhei para ela, assombrada. Será que eu tinha ouvido direito? Ela fez uma piada?

— Você vai ficar bem — falei.

Eu me virei para sair.

E foi quando ela me pegou.

O rosto de Simone estava a centímetros do meu. A garota apertou meu pescoço, me asfixiando. Suas unhas compridas cortavam minha pele.

Não tive tempo de gritar. Ela arrastou minha cabeça para baixo. Sufocada, caí de costas, por cima de Dawn. Simone agora estava em cima de mim, apertando meu pescoço, gritando com a força que fazia.

Tentei arrancar suas mãos do meu pescoço, mas não me restavam forças nos braços. Eu estava prestes a desmaiar.

De repente, Simone soltou um grito de surpresa. As mãos em mim se afrouxaram no mesmo instante. Sufocada e ofegante, lutei para encher os pulmões de ar, colocando as mãos no pescoço.

Ainda gritando, Simone se arrastou para longe de mim. Agora eu via o que tinha acontecido. Vi sangue escorrendo pela perna de Simone. Vi a faca cair da mão de Dawn; ela tinha apunhalado a perna de Simone.

Enquanto eu tentava desesperadamente recuperar o fôlego, Simone mergulhou para pegar a faca.

— N-não! — gaguejei, rouca.

Mas ela a apanhou, soltou um grito de fúria e levantou a faca acima da cabeça.

Agora eu estava de pé. Pulei em cima dela. Caímos com um estrondo, a faca voou de sua mão e Simone deslizou para o palco meio iluminado.

Começamos uma luta, rolando sem parar. Simone agarrou uma mecha do meu cabelo e puxou com tudo. Eu gritei e me curvei. Enquanto tentava me recuperar, ela me deu um soco na barriga. Com força.

Me curvei para me proteger, mas então percebi que ela não estava vindo atrás de mim. Ia mancando em direção ao palco, desesperada para pegar a faca. Invocando minha última gota de energia, me joguei às cegas e a ataquei pelas costas.

Simone gritou de novo.

— Minha perna! Minha perna!

Desta vez a agonia parecia ainda maior, mas eu não soltei. Segurei suas mãos às costas o máximo que pude. Depois, comecei a gritar.

Eu ainda a segurava firme quando o sr. Santucci finalmente entrou correndo. Tinha o rosto tomado de susto e incredulidade.

Eu ainda a segurava firme minutos depois, quando a polícia e os socorristas que ele tinha chamado entraram correndo.

Por fim, enquanto eles gentilmente pediam para eu me afastar, soltei Simone. Minhas roupas estavam ensopadas de sangue — mas não era meu.

Olhei para Dawn de costas no chão do palco. Ela ainda estava com a minha jaqueta de couro. Um dos socorristas abriu rapidamente o zíper, revelando o ferimento da facada.

Respirei fundo quando vi.

O socorrista me olhou.

— Não parece ruim — disse ele.

Dawn soltou um suspiro de alívio.

— Consegue me ouvir? — perguntei.

Ela foi capaz de assentir.

O socorrista logo passou a fazer um curativo com atadura de algodão.

— Parece que esta jaqueta te protegeu — disse ele.

Me obriguei a sorrir para Dawn.

— Ouviu essa? Vale a pena usar roupas quentes.

Dawn estava pálida feito um fantasma, mas sorriu para mim.

— Te vejo no baile — falou.

Capítulo 24

Kevin me puxou para perto para outra dança lenta. Descansei a cabeça em seu ombro. O perfume do lindo *corsage* de gardênias preso ao meu vestido subiu. Quando a música parou, Kevin sorriu para mim, os olhos verdes brilhando.

— Não sei quanto a você — falou —, mas este é um baile que jamais vou esquecer.

— Pode ter certeza disso — concordei. Eu tinha em mente motivos diferentes dos de Kevin.

Agora andávamos de mãos dadas pela pista, passando por dois quadros que o comitê do baile tinha montado em memória de Rachel e Elana. Kevin viu meu olhar e disse:

— Acho ótimo o que o sr. Brandt fez de doar o dinheiro da rainha do baile para uma bolsa universitária em homenagem a elas. — Ele segurou minha mão. — Nem acredito no que você passou.

Olhei para o outro lado do vasto salão de baile do solar Halsey, onde Dawn conversava com vários caras bonitos. Tínhamos abandonado toda a ideia de rainha do baile, mas Dawn ainda era a rainha desta festa — não conseguia evitar.

A música tinha recomeçado e Kevin me puxou de volta à pista. Vi Lucas Brown dançando com Shari Paulsen. Perfeito, ela era tão esquisita quanto ele. Mas Lucas parecia feliz pela primeira vez. Enfim tinha um par.

Um pouco depois, Dawn dançava com um de seus muitos caras.

Ela olhou meu vestido com admiração. Eu estava com aquele preto e sexy que tinha causado nossa briga na Ferrara's. Dawn insistiu para que eu o usasse no lugar dela.

— Quer saber? — disse ela, se inclinando para perto. — Fica melhor em você.

— Só está dizendo isso para ser gentil, né? — perguntei, sem acreditar.

— É — respondeu, e logo se afastou, dançando.

Impressão e Acabamento:
COAN INDÚSTRIA GRÁFICA LTDA.